HOMEM NO ESCURO

Obras do autor publicadas pela Companhia das Letras

Achei que meu pai fosse Deus (org.)
Da mão para a boca
Desvarios no Brooklyn
Homem no escuro
A invenção da solidão
Leviatã
O livro das ilusões
Noite do oráculo
Timbuktu
A trilogia de Nova York
Viagens no scriptorium

A marca FSC é a garantia de que a madeira utilizada na fabricação do papel interno deste livro provém de florestas de origem controlada e que foram gerenciadas de maneira ambientalmente correta, socialmente justa e economicamente viável.

O Greenpeace — entidade ambientalista sem fins lucrativos —, em sua campanha pela proteção das florestas no mundo todo, recomenda às editoras e autores que utilizem papel certificado pelo FSC.

PAUL AUSTER

Homem no escuro

Tradução
Rubens Figueiredo

COMPANHIA DAS LETRAS

Publicado originalmente nos EUA por Henry Holt & Co.

Título original
Man in the dark

Capa
João Baptista da Costa Aguiar

Preparação
Márcia Copola

Revisão
Mariana Fusco Varella
Carmen S. da Costa

Dados Internacionais de Catalogação na Publicação (CIP)
(Câmara Brasileira do Livro, SP, Brasil)

Auster, Paul, 1947-
Homem no escuro / Paul Auster ; tradução Rubens Figueiredo.
— São Paulo : Companhia das Letras, 2008.

Título original: Man in the dark.
ISBN 978-85-359-1276-0

1. Ficção norte-americana I. Título.

08-05685 CDD-813

Índice para catálogo sistemático:
1. Ficção : Literatura norte-americana 813

[2008]

EDITORA SCHWARCZ LTDA.
Rua Bandeira Paulista 702 cj. 32
04532-002 – São Paulo – SP
Telefone (11) 3707-3500
Fax (11) 3707-3501
www.companhiadasletras.com.br

Para David Grossman
e sua esposa, Michal,
seu filho, Jonathan,
sua filha, Rithi,
e em memória de Uri

Estou sozinho no escuro, faço o mundo dar voltas dentro da minha cabeça, enquanto enfrento mais um ataque de insônia, mais uma noite branca no vasto deserto americano. No andar de cima, minha filha e minha neta estão dormindo em seus quartos, cada uma sozinha. Miriam, de quarenta e sete anos, minha filha única, que dorme sozinha há cinco anos, e Katya, de vinte e três, filha única de Miriam, que antes dormia com um rapaz chamado Titus Small, mas Titus morreu e agora Katya dorme sozinha, com o coração partido.

Luz clara, depois escuridão. O sol se derrama de todos os lados do céu, seguido pelo negror da noite, pelas estrelas silenciosas, pelo vento que balança os galhos. Essa é a rotina. Moro nesta casa faz mais de um ano agora, desde o dia em que me deixaram sair do hospital. Miriam fez questão de que eu viesse para cá, e no início éramos só nós dois, juntamente com uma enfermeira diarista que cuidava de mim enquanto Miriam estava fora, no trabalho. Depois, três meses mais tarde, o mundo desabou sobre Katya, ela abandonou a escola de cinema em Nova York e veio para casa, para morar com a mãe em Vermont.

Os pais dele escolheram seu nome por causa do filho de Rembrandt, o garotinho das pinturas, o menino de cabelos dourados e chapéu vermelho, o aluno sonhador que acompanhava perplexo as aulas de Rembrandt, o garotinho que virou um jovem devastado pela enfermidade e morreu antes de completar trinta anos, assim como o Titus de Katya. É um nome amaldiçoado, um nome que devia ser retirado de circulação para sempre. Penso muitas vezes na morte de Titus, na história horrível dessa morte, nas imagens dessa morte, nas conseqüências esmagadoras dessa morte para a minha neta enlutada, mas não quero ir lá agora, não posso ir lá agora, tenho de empurrar isso para o mais longe de mim que puder. A noite ainda é uma criança, e, enquanto fico aqui deitado na cama olhando para a escuridão acima de mim, uma escuridão tão negra que o teto fica invisível, começo a lembrar a história que iniciei na noite passada. É isso que faço quando o sono se recusa a vir. Fico deitado na cama e conto histórias para mim mesmo. Pode ser até que elas não façam muito sentido, mas, enquanto estou metido nessas histórias, elas impedem que eu fique pensando em coisas que prefiro esquecer. A concentração pode ser um problema, no entanto, e na maioria das vezes meu pensamento termina derrapando para fora da história que estou tentando contar e cai nas coisas em que não quero pensar. Não há nada a fazer. Eu fracasso vezes seguidas, fracasso na maioria das vezes, mas isso não quer dizer que eu não me esforce ao máximo.

Eu o coloco num buraco. Parece ser um bom início, um jeito promissor de tocar a história. Colocar um homem adormecido num buraco e depois ver o que acontece quando ele acorda e tenta rastejar para fora dali. Estou falando de um buraco fundo, na terra, uns três metros de profundidade, escavado de modo a formar um círculo perfeito, com paredes internas escarpadas, de terra grossa e bem compacta, tão dura que a superfície tem uma textura de cerâmica, talvez até de vidro. Em outras palavras, o homem no buraco não terá condições de se libertar do buraco quando abrir os olhos. A menos que esteja munido de uma série de apetrechos de montanhismo — um martelo e cravos de metal, por exemplo, ou uma corda para laçar uma árvore próxima —, mas esse homem não tem nenhuma ferramenta e, assim que recuperar a consciência, vai rapidamente compreender a natureza do apuro em que se encontra.

E assim acontece. O homem volta a si e descobre que está deitado de costas, olhando para um céu sem nuvens, ao anoitecer. Seu nome é Owen Brick, e ele não tem a menor idéia de como foi parar naquele local, nenhuma lembrança de ter caído naquele buraco cilíndrico, que ele estima ter cerca de três metros e meio de diâmetro. Senta-se. Para sua surpresa, está com um uniforme de soldado feito de lã crua, de cor parda. Um boné na cabeça e, nos pés, um par de botas de couro pretas, resistentes e muito surradas, amarradas acima dos tornozelos com um nó duplo bem firme. Há uma insígnia militar com duas listras em cada manga da sua jaqueta, indicando que o uniforme pertence a alguém com a patente de cabo. Essa pessoa deve ser Owen Brick, mas o homem no buraco, cujo nome é Owen Brick, não consegue se lembrar de ter servido num exército ou ter lutado numa guerra em nenhuma época da sua vida.

Na falta de outra explicação, ele supõe que levou uma pancada na cabeça e perdeu temporariamente a memória. No entanto, quando põe a ponta dos dedos na cabeça e começa a procurar galos e cortes, não encontra nenhum sinal de inchaço, nenhum talho, nenhum machucado, nada que sugira que tenha ocorrido um ferimento desse tipo. O que há, então? Será que sofreu algum trauma debilitante que apagou grandes porções do seu cérebro? Talvez. Porém, a menos que a lembrança desse trauma volte de repente, ele não terá meios de saber. Depois disso, começa a explorar a possibilidade de que esteja dormindo na sua cama, em casa, capturado por algum sonho extraordinariamente real, um sonho tão semelhante à vida e tão forte que a fronteira entre o sonho e a consciência quase se dissolveu. Se isso for verdade, então basta ele abrir os olhos, pular da cama e andar até a cozinha para preparar seu café-da-manhã. Mas como é possível abrir os olhos quando já estão abertos? Ele pisca algumas vezes, imaginando, de maneira infantil, que isso talvez quebre o encanto — mas não há encanto algum para ser quebrado, e a cama mágica não se materializa.

Um bando de estorninhos passa acima da cabeça dele, entra no seu campo de visão por cinco ou seis segundos, e em seguida desaparece na penumbra. Brick fica em pé para examinar o ambiente ao redor e, ao fazê-lo, se dá conta de um objeto protuberante no bolso esquerdo da frente da calça. É uma carteira, a sua carteira, e, além de setenta e seis dólares em dinheiro americano, contém uma carteira de motorista tirada no estado de Nova York, em nome de Owen Brick, nascido em 12 de junho de 1977. Isso confirma o que Brick já sabe: que é um homem de quase trinta anos e mora em Jackson Heights, em Queens. Sabe também que é casado com Flora e que, nos últimos sete anos, trabalhou como mágico profissional, apresentando-se sobretudo em festas de aniversário de crianças em toda a cidade, sob o nome artístico de Grande Zavello. Tais fatos apenas aprofundam o mistério. Se ele tem tanta certeza de quem é, então como é que foi parar no fundo desse buraco, ainda por cima vestido num uniforme de cabo, sem documentos, sem etiqueta de identificação, sem carteira de identidade militar que comprove a sua condição de soldado?

Ele não demora muito para entender que fugir está fora de questão. A parede circular é alta demais, e, quando ele dá um pontapé com a bota na parede para fazer uma fenda na superfície e criar uma espécie de calço onde colocar a ponta do pé e tentar subir, o único resultado é um dedão ferido. A noite está se fechando rapidamente, e há uma friagem no ar, uma friagem úmida de primavera que penetra sorrateiramente no seu corpo, e, embora Brick tenha começado a sentir medo, por enquanto ainda está mais desconcertado que assustado. Todavia, não consegue deixar de pedir socorro. Até agora, tudo está calmo à sua volta, sugerindo que ele se encontra em algum lugar da zona rural, remoto e ermo, sem nenhum barulho a não ser o canto ocasional de algum passarinho e o farfalhar do vento. Porém, como que obedecendo a um comando, como em decorrência de uma lógica torta de causa e efeito, no instante em que ele grita a palavra SOCORRO, o fogo de artilharia irrompe ao longe e o céu que está escurecendo se acende com flamejantes cometas de destruição. Brick ouve metralhadoras, explosões de granadas, e por baixo de tudo isso, sem dúvida a quilômetros de distância, um coro surdo de vozes humanas aos gritos. Isso é a guerra, ele se dá conta, e ele é um soldado nessa guerra, mas sem nenhuma arma à mão, sem nenhum modo de se defender contra o ataque, e, pela primeira vez desde o momento em que acordou no buraco, sente medo de verdade.

O tiroteio continua por mais de uma hora, então diminui aos poucos até silenciar. Não muito depois disso, Brick ouve o som fraco de sirenes, o que ele interpreta como o movimento de carros de bombeiros rumo aos prédios danificados durante o ataque. Então as sirenes param também, e o silêncio cai sobre ele outra vez. Com frio e com medo como ele está, Brick está também esgotado, e, depois de andar em redor da sua cela cilíndrica até as estrelas começarem a surgir no céu, ele se estira no chão e consegue, afinal, adormecer.

Na manhã seguinte, bem cedo, é despertado por uma voz que chama por ele no alto do buraco. Brick olha para cima e vê o rosto de um homem espichado na borda do buraco, e, como o rosto é tudo o que ele vê, supõe que o homem esteja deitado de bruços.

Cabo, diz o homem. Cabo Brick, está na hora de se mexer.

Brick se levanta e, agora que seus olhos estão a apenas cerca de um metro do rosto do desconhecido, pode ver que o homem é um sujeito moreno, de queixo quadrado, com uma barba de dois dias, e que usa um boné militar idêntico ao que ele mesmo traz na cabeça. Antes que Brick possa declarar que, por mais que ele queira se mexer, não está em condições de fazer nada do tipo, o rosto do homem desaparece.

Não se preocupe, ouve o homem dizer. Vamos tirar você daí num instante.

Alguns minutos depois, vem o barulho de um martelo ou de uma marreta batendo num objeto de metal, e, como o barulho se torna um pouco mais abafado a cada batida, Brick imagina que o homem deve estar cravando uma estaca no solo. E, se for mesmo uma estaca, então talvez um pedaço de corda seja amarrado ali, e, por essa corda, Brick poderá subir e sair do buraco. As batidas param, passam-se mais trinta ou quarenta segundos, e aí, como ele tinha previsto, uma corda cai a seus pés.

Brick é um mágico, não um atleta, e, ainda que subir um ou dois metros por uma corda não seja uma tarefa tão cansativa assim para um homem saudável de trinta anos, apesar disso ele tem um bocado de dificuldade para alcançar o topo. A parede não lhe serve de nada, pois a sola da sua bota não pára de escorregar na superfície bastante lisa, e, quando ele tenta prender as botas na corda, não consegue se apoiar direito e com isso tem de se confiar inteiramente à força dos braços, e, como não tem braços muito musculosos nem resistentes, e como a corda é feita de um material áspero e portanto machuca a palma da mão, essa operação simples se transforma numa espécie de batalha. Quando ele por fim se aproxima da borda do buraco e o outro homem segura a sua mão direita e o puxa para o nível do solo, Brick está sem fôlego e indignado consigo mesmo. Depois de um desempenho tão desolador, ele já conta ouvir gozações por causa da sua falta de jeito, porém, por algum milagre, o homem evita fazer comentários depreciativos.

Enquanto Brick peleja para aos poucos ficar em pé, nota que

o uniforme do seu salvador é igual ao dele, exceto por haver três listras, em vez de duas, na insígnia nas mangas da sua jaqueta. O ar está denso por causa da neblina, e ele tem dificuldade para enxergar onde está. Algum lugar isolado na zona rural, como ele havia desconfiado, mas a cidade ou a vila que foi atacada na noite anterior não está à vista em parte nenhuma. As únicas coisas que ele consegue distinguir com alguma nitidez são a estaca de metal com a corda amarrada e um jipe sujo de lama estacionado a uns três metros da beira do buraco.

Cabo, diz o homem, apertando a mão de Brick com uma firmeza entusiasmada. Sou Serge Tobak, seu sargento. Mais conhecido como Sarge Serge.

Brick olha de cima para o homem, que é uns bons quinze centímetros mais baixo que ele, e repete o nome em voz baixa: Sarge Serge.

Eu sei, diz Tobak. Muito engraçado. Mas o nome pegou, e não há nada que eu possa fazer. Se não dá para vencê-los, junte-se a eles, não é isso?

O que estou fazendo aqui?, pergunta Brick, tentando apagar da voz o tom de angústia.

Tente entender sozinho, rapaz. Está lutando numa guerra. O que você pensou que era? Uma viagem à Terra Encantada?

Que guerra? Quer dizer que estamos no Iraque?

Iraque? Quem quer saber do Iraque?

Os Estados Unidos estão em guerra com o Iraque. Todo mundo sabe disso.

Foda-se o Iraque. Isto aqui são os Estados Unidos, e os Estados Unidos estão em guerra com os Estados Unidos.

Do que você está falando?

De guerra civil, Brick. Não sabe de nada, não? Este é o quarto ano. Mas, agora que você apareceu, a guerra vai terminar logo. Você é a pessoa que vai dar um jeito na situação.

Como sabe o meu nome?

Você é do meu pelotão, seu pateta.

E aquele buraco? O que eu estava fazendo lá dentro?

É o procedimento normal. Todos os recrutas chegam até nós desse jeito.

Mas eu não me alistei. Não entrei para o exército.

Claro que não. Ninguém faz isso. Mas é assim mesmo que acontece. Uma hora a gente está lá, vivendo a nossa vida, e de repente está no meio da guerra.

Brick fica tão confuso com as afirmações de Tobak que nem sabe o que dizer.

É assim mesmo, matraqueia o sargento. Você é o otário que eles apanharam para a grande missão. Não me pergunte por quê, mas o estado-maior acha que você é o melhor homem para a missão. Talvez porque ninguém conheça você, ou talvez porque você tenha esse... esse o quê, mesmo?... esse seu jeitinho manso e ninguém vai desconfiar que você é um assassino.

Assassino?

Isso mesmo, assassino. Mas eu prefiro usar a palavra *libertador*. Ou então *criador da paz*. Chame do jeito que quiser, o fato é que sem você a guerra não vai terminar nunca.

Brick gostaria de cair fora dali rapidamente, mas, como não estava armado, não foi capaz de pensar em mais nada para fazer senão continuar a representar seu papel. E quem é que eu tenho de matar?, pergunta.

Não é tanto *quem*, mas *o quê*, responde o sargento enigmaticamente. A gente nem tem certeza do nome dele. Pode ser Blake. Pode ser Black. Pode ser Bloch. Mas temos um endereço, e, se a esta altura ele já não tivesse escapulido, você não teria dificuldade alguma. Vamos levar você até um contato lá na cidade, você vai usar um disfarce, e em poucos dias tudo deve estar terminado.

E por que esse homem merece morrer?

Porque ele é o dono da guerra. Ele inventou a guerra, e tudo o que acontece ou vai acontecer está na cabeça dele. Elimine essa cabeça, e a guerra pára. É muito simples.

Simples? Você fala como se ele fosse Deus.

Deus, não, cabo, apenas um homem. Fica sentado numa saleta o dia inteiro escrevendo, e tudo o que ele escreve vira verdade. Os relatórios do serviço secreto dizem que ele anda atormentado pela culpa mas não consegue parar. Se o sacana tivesse coragem para estourar os miolos, nós não estaríamos aqui tendo esta conversa.

Você quer dizer que isto é uma história, que um homem está escrevendo uma história e nós todos somos parte dela.

É mais ou menos por aí.

E, depois que ele morrer, vai acontecer o quê? A guerra termina, mas e nós?

Tudo volta ao normal.

Ou talvez a gente simplesmente desapareça.

Talvez. Mas é um risco que temos de correr. É fazer ou morrer, meu velho. Já são mais de treze milhões de mortos. Se a situação continuar deste jeito por muito mais tempo, metade da população terá desaparecido antes que a gente possa perceber.

Brick não tem a menor intenção de matar ninguém, e, quanto mais escuta Tobak, maior a sua certeza de que o homem é um louco varrido. Por enquanto, porém, ele não tem escolha senão fingir que compreende, agir como se estivesse ansioso para cumprir sua missão.

Sarge Serge anda até o jipe, apanha na parte traseira uma bolsa plástica bem cheia e a entrega a Brick. Seus trapos novos, diz, e ali mesmo, ao ar livre, instrui o mágico para tirar o uniforme militar e vestir as roupas civis que estão na bolsa: um par de calças jeans pretas, uma camisa azul de oxford, um suéter com decote em V, um cinto, uma jaqueta de couro marrom e sapatos pretos de couro.

Em seguida lhe entrega uma mochila de náilon verde cheia de outras roupas, material de barbear, escova de dentes e pasta de dentes, escova de cabelo, um revólver calibre 38 e uma caixa de balas. Enfim, Brick recebe um envelope com vinte notas de cinqüenta dólares e um pedaço de papel com o nome e o endereço do seu contato.

Lou Frisk, diz o sargento. Um bom sujeito. Procure por ele assim que chegar à cidade, e ele vai lhe dizer tudo o que você precisa saber.

De que cidade estamos falando?, pergunta Brick. Não tenho a menor idéia de onde estou.

Wellington, diz Tobak, girando para a direita e apontando para a pesada neblina matinal. Dezenove quilômetros, direto para o norte. É só seguir por esta estrada, e você vai chegar lá no meio da tarde.

Vou ter de andar?

Desculpe. Eu até lhe daria uma carona, mas tenho de ir para o outro lado. Meus homens estão à minha espera.

E o café-da-manhã? Dezenove quilômetros de barriga vazia...

Desculpe por isso também. Era para eu lhe trazer um sanduíche de ovo e uma garrafa térmica de café, mas esqueci.

Antes de partir ao encontro dos seus homens, Sarge Serge puxa a corda de dentro do buraco, arranca a estaca de metal da terra e joga as duas coisas de volta no jipe. Em seguida, senta-se ao volante e liga o motor do jipe. Ao acenar adeus a Brick, diz: Agüente firme, soldado. Você não me parece lá um grande matador, mas o que é que eu sei, afinal? Nunca tenho razão em nada.

Sem mais nenhuma palavra, Tobak aperta o acelerador e, assim que parte, desaparece na neblina em poucos segundos. Brick nem se mexe. Está com frio e com fome, abalado e com medo, e durante mais de um minuto se limita a ficar parado no meio da estrada, pensando no que fazer em seguida. Por fim começa a tremer no ar gelado. Isso decide as coisas por ele. Tem de pôr as pernas e os braços em movimento, tem de se aquecer, e assim, sem a menor idéia do que está à sua frente, vira-se, enfia as mãos nos bolsos e começa a andar na direção da cidade.

Uma porta acabou de se abrir no andar de cima, e posso ouvir o som de passos que descem pelo corredor. Miriam ou Katya, não consigo saber qual das duas. A porta do banheiro se abre e se fecha; de leve, bem de leve, percebo a música familiar do xixi batendo na água, mas, quem quer que esteja fazendo xixi, tem consciência bastante para não dar a descarga e correr o risco de acordar todo mundo na casa, embora dois terços dos moradores já tenham acordado. Depois a porta do banheiro se abre, e mais uma vez os passos descem pelo corredor e a porta de um quarto se fecha suavemente. Se eu tivesse de escolher, diria que foi Katya. A pobre e sofrida Katya, tão resistente ao sono quanto o seu avô imobilizado. Eu gostaria muito de ser capaz de subir a escada, entrar no quarto dela e conversar por um tempo. Contar algumas das minhas piadas ruins, quem sabe, ou então apenas correr a mão na cabeça dela até que seus olhos se fechassem e ela pegasse no sono. Mas não posso subir a escada numa cadeira de rodas, posso? E, se usasse a muleta, eu acabaria caindo no escuro. Droga de perna idiota. A única solução é fazer brotar um par de asas, asas enormes, com as penas brancas mais macias do mundo. Aí eu chegaria lá em cima num piscar de olhos.

Nos dois últimos meses, Katya e eu passamos os dias vendo filmes juntos. Lado a lado no sofá da sala, olhando para o televisor, damos cabo de dois, três, às vezes quatro filmes seguidos, depois fazemos uma pausa para jantar com Miriam e, quando o jantar termina, voltamos para o sofá para mais um filme ou dois, antes de ir para a cama. Eu devia trabalhar no meu manuscrito, as memórias que prometi a Miriam quando me aposentei três anos atrás, a história da minha vida, a história da família, uma crônica de um mundo extinto, mas a verdade é que prefiro ficar no sofá com Katya, segurando na sua mão, deixando que ela descanse a cabeça no meu ombro, sentindo a mente ficar embotada com o interminável desfile de imagens que dançam na tela. Por mais de um ano trabalhei no manuscrito todos os dias, erigi uma pesada pilha de páginas, mais ou menos metade da história, calculo, talvez um pouco mais que isso, mas agora parece que perdi o ânimo. Talvez tenha começado quando Sonia morreu, não sei, o fim da vida conjugal, a solidão de tudo, a maldita solidão depois que perdi Sonia, e aí eu me arrebentei todo naquele carro alugado, destruí a perna, quase me matei nesse episódio, talvez isso também tenha ajudado: a indiferença, a sensação de que, depois de setenta e dois anos nesta Terra, quem se importa que eu escreva sobre mim ou não? Nunca foi algo que me interessasse, nem mesmo quando eu era jovem, e sem dúvida nunca tive a menor ambição de escrever um livro. Eu gostava de ler livros, só isso, ler livros e depois escrever sobre eles, mas fui sempre um corredor de curta distância, e não de longa distância, um greyhound sempre lutando, durante quarenta anos, para não ultrapassar o prazo, um especialista em rodar a manivela e fabricar artigos de setecentas palavras, de mil e quinhentas palavras, a coluna quinzenal, o texto eventual para uma revista, quantos milhares deles eu vomitei? Décadas de material efêmero, montes de papel-jornal reciclado e queimado, e, diferentemente de muitos colegas meus, nunca tive a menor vontade de selecionar os bons, na suposição de que houvesse algum bom, e republicá-los em livros que nenhuma pessoa sã se daria o trabalho de ler. Por ora, vamos deixar que meu manuscrito inacabado fique acumulando poeira. Miriam é persistente, está terminando sua biografia de Rose Hawthorne, dá duro de noite, nos fins de semana, nos dias em que não tem de ir até Hampton para dar aulas e, por enquanto, talvez um escritor só já seja o suficiente nesta casa.

Onde é que eu estava? Owen Brick... Owen Brick andando pela estrada rumo à cidade. O ar frio, a confusão, uma segunda guerra civil nos Estados Unidos. O prelúdio de alguma coisa, mas, antes que eu decida o que fazer com o meu mágico atordoado, preciso de alguns momentos para refletir sobre Katya e os filmes, pois ainda não consigo saber se isso é bom ou ruim. Quando ela começou a pedir os DVDs pela internet, vi nisso um sinal de progresso, um pequeno passo na direção correta. No mínimo, mostrava que ela estava disposta a se deixar distrair, pensar em outra coisa além do seu Titus morto. Ela é aluna de uma escola de cinema, afinal, está estudando para ser montadora de filmes, e, quando os DVDs começaram a jorrar em casa, eu me perguntei se ela não estaria pensando em voltar para a escola de cinema, ou, se não fosse para a escola de cinema, então quem sabe não iria continuar a estudar por conta própria. Todavia, depois de um tempo, passei a ver nessa obsessão de ver filmes uma forma de automedicação, uma droga homeopática para se anestesiar contra a necessidade de pensar no seu futuro. Fugir para dentro de um filme não é como fugir para dentro de um livro. Os livros nos obrigam a lhes dar algo em troca, a exercitar a inteligência e a imaginação, ao passo que podemos ver um filme — e até gostar dele — num estado de passividade mecânica. Dito isso, não quero sugerir que Katya se transformou em pedra. Ela sorri e às vezes até solta uma pequena risada nas cenas engraçadas das comédias, e seus dutos lacrimais muitas vezes ficam ativos nas cenas comoventes dos dramas. Tem mais a ver com a sua postura, acho, a maneira como ela fica afundada no sofá com os pés esticados e apoiados na mesinha de café, imóvel durante horas e horas, recusando-se a se mexer sequer para atender o telefone, mostrando poucos sinais de vida, exceto quando toco nela ou a seguro. Na certa, é culpa minha. Eu a estimulei a levar essa vida apagada, e talvez devesse pôr um ponto final nisso — se bem que duvido que ela me desse atenção se eu tentasse.

De outro lado, alguns dias são melhores que outros. Toda vez que terminamos de ver um filme, conversamos um pouco sobre ele, antes de Katya pôr outro filme para passar. Em geral, eu quero discutir a história e a qualidade dos atores, mas os comentários de Katya tendem a se concentrar em aspectos técnicos do filme: a câmera, a montagem, a iluminação, o som, e coisas assim. Hoje à noite, porém, depois de termos visto três filmes estrangeiros seguidos — *A grande ilusão*, *Ladrões de bicicletas* e *O mundo de Apu* —, Katya fez alguns comentários argutos e incisivos, esboçando uma teoria da criação cinematográfica que me impressionou pela originalidade e perspicácia.

Objetos inanimados, disse ela.

O que têm eles?, perguntei.

Objetos inanimados como formas de expressar emoções humanas. Essa é a linguagem do cinema. Só bons diretores entendem como fazer isso, mas Renoir, De Sica e Ray são três dos melhores, não são?

Sem dúvida.

Pense bem nas cenas de abertura de *Ladrões de bicicletas*. O herói consegue um emprego, mas não vai poder trabalhar a menos que tire sua bicicleta do penhor. Vai para casa desgostoso da vida. E lá está sua esposa, na rua, carregando dois pesados baldes de água. Toda a pobreza deles, toda a luta da mulher e da sua família, estão contidas naqueles baldes. O marido está tão envolvido em seus próprios problemas que nem se dá o trabalho de ajudar a mulher, só quando já estão perto da porta do prédio. E, mesmo então, pega só um dos baldes, deixa que ela carregue o outro. Tudo o que precisamos saber sobre o casamento deles nos é transmitido nesses poucos segundos. Em seguida, sobem a escada para o seu apartamento, e a esposa vem com a idéia de penhorar as roupas de cama para poderem tirar a bicicleta do prego. Lembre-se da violência com que ela chuta o balde na cozinha, lembre-se da violência com que ela abre a gaveta da cômoda. Objetos inanimados, emoções humanas. Depois estamos na loja de penhores, que na verdade não é uma loja, mas um local enorme, uma espécie de armazém para objetos abandonados. A esposa vende os lençóis, e depois disso vemos um dos trabalhadores levar a pequena trouxa para as prateleiras onde ficam guardados os objetos penhorados. No início, as prateleiras não parecem muito altas, mas aí a câmera recua e, à medida que o homem começa a subir, vemos que as prateleiras continuam sem parar, até o teto, e todas as prateleiras e todos os cantinhos estão entupidos de trouxas idênticas àquela que o homem está guardando agora, e de uma hora para outra parece que todas as famílias de Roma venderam suas roupas de cama, que a cidade inteira está na mesma condição miserável que o herói e sua esposa. Numa só tomada, vovô. Numa só tomada temos um retrato de toda uma sociedade que vive à beira da calamidade.

Nada mau, Katya. As engrenagens estão girando...

Essa idéia me veio esta noite. Mas acho que estou na pista de alguma coisa, porque vi exemplos disso nos três filmes. Lembra dos pratos de *A grande ilusão*?

Dos pratos?

Perto do fim. Gabin diz para a mulher alemã que a ama, que vai voltar para ela e para a filha dela quando a guerra terminar, mas as tropas agora estão se aproximando, e ele e Dalio precisam tentar atravessar a fronteira para a Suíça antes que seja tarde demais. Os quatro fazem a última refeição juntos, e então chega a hora de se despedirem. Tudo é muito comovente, é claro. Gabin e a mulher na porta, a possibilidade de nunca mais voltarem a se encontrar, as lágrimas da mulher quando o homem desaparece na noite. Renoir corta então para Gabin e Dalio correndo na mata, e eu aposto quanto você quiser que qualquer outro diretor do mundo teria continuado com eles até o final do filme. Mas não Renoir. Ele tem o gênio — e, quando digo *gênio*, quero dizer a compreensão, a profundidade de coração, a compaixão — para voltar para a mulher e sua filha pequena, a jovem viúva que já perdeu o marido na loucura da guerra, e o que ela tem de fazer? Ela tem de voltar para casa e encarar a mesa da sala de jantar e os pratos sujos da refeição que eles acabaram de fazer. Os homens se foram agora, e, como se foram, aqueles pratos se transformaram no sinal da sua ausência, no sofrimento solitário das mulheres quando os homens partem para a guerra, e um por um, sem dizer uma palavra, ela recolhe os pratos, e limpa a mesa. Quanto dura a cena? Dez segundos? Quinze segundos? Quase nada, mas tira o fôlego da gente, não é? Dá um soco que deixa a gente sem ar.

Você é uma garota corajosa, disse eu, pensando de repente em Titus.

Pare com isso, vovô. Não quero falar sobre ele. Outra vez, quem sabe, mas não agora. Certo?

Certo. Vamos ficar com os filmes. Ainda temos um para falar. O filme indiano. Acho que foi dele que eu mais gostei.

É porque você é um escritor, disse Katya, abrindo um sorriso irônico e breve.

Pode ser. Mas isso não quer dizer que ele não seja bom.

Eu não teria escolhido esse filme se não fosse bom. Nada de lixo. Essa é a regra, lembra? Todo tipo de filme, do doidão até o sublime, mas nada de lixo.

De acordo. Mas onde está o objeto inanimado em *Apu*?

Pense bem.

Não quero pensar. A teoria é sua, portanto me diga você.

As cortinas e o grampo de cabelo. Uma transição de uma vida para outra, o ponto crucial da história. Apu foi para o campo para assistir ao casamento da amiga do seu primo. Um casamento arranjado à maneira tradicional, e, quando o noivo aparece, se vê que é um retardado, um idiota completo. O casamento é cancelado, e os pais da amiga do primo começam a entrar em pânico, com receio de que a filha seja amaldiçoada para o resto da vida se não se casar naquela tarde. Apu está dormindo em algum lugar debaixo de umas árvores, sem preocupação alguma, feliz por passar alguns dias fora da cidade. A família da garota vem até ele. Explicam que ele é o único homem solteiro disponível, que é o único que pode resolver o problema para eles. Apu fica apavorado. Acha que são doidos, um bando de caipiras supersticiosos, e se recusa a ajudar. Mas aí reflete um pouco mais no assunto e resolve fazer o que estão pedindo. Como uma boa ação, um gesto de altruísmo, mas não tem a menor intenção de levar a garota consigo para Calcutá. Depois da cerimônia de casamento, quando os dois afinal ficam sozinhos pela primeira vez, Apu se dá conta de que aquela jovem dócil é muito mais obstinada do que ele imaginava. Sou pobre, diz ele, quero ser escritor, não tenho nada para oferecer a você. Eu sei, diz ela, mas isso não faz diferença, ela está decidida a ficar com ele. Exasperado, aturdido, mas também comovido com a resolução dela, Apu cede com relutância. Corta para a cidade. Uma carroça pára em frente a uma casa caindo aos pedaços, onde Apu mora, e ele e a noiva desembarcam. Todos os vizinhos vêm olhar espantados para a linda garota enquanto Apu a conduz pela escada para o seu sótão pequeno e sórdido. Um instante depois, alguém o chama e ele sai. A câmera continua na garota, sozinha naquele quarto desconhecido, naquela cidade desconhecida, casada com um homem que ela mal conhece. Por fim, ela caminha até a janela, onde tem um trapo de estopa pendurado em vez de uma cortina de verdade. Há um buraco no trapo, e ela espia pelo buraco que dá para um quintal, onde um bebê de fralda anda cambaleante em meio à poeira e ao entulho. O ângulo da câmera se inverte, e vemos o olho no buraco. Lágrimas caem desse olho, e quem é que pode culpar a garota por se sentir arrasada, assustada, perdida? Apu volta para o quarto e pergunta o que há de errado. Nada, responde ela, balançando a cabeça, nada mesmo. Então a imagem escurece, e a grande pergunta é: o que vai acontecer? O que está reservado para esse casal tão fora do comum, que acabou se casando por mero acidente? Com uns poucos toques hábeis e decisivos, tudo nos é revelado em menos de um minuto. Objeto número um: a janela. A imagem se ilumina, é de manhã cedo, e a primeira coisa que vemos é a janela por onde a garota estava olhando na cena anterior. Mas o trapo de estopa sumiu, substituído por um par de cortinas limpas de tecido xadrez. A câmera recua um pouco, e lá está o objeto número dois: flores num jarro sobre o parapeito. São sinais animadores, mas ainda não podemos ter certeza do que significam. Uma sensação de vida em família, de vida doméstica, um toque feminino, mas é isso que se espera que as esposas façam, e só porque a esposa de Apu cumpriu tão bem o seu dever não prova que ela gosta dele. A câmera continua a recuar, e vemos os dois dormindo na cama. O despertador toca, e a esposa levanta da cama enquanto Apu resmunga e enfia a cabeça no travesseiro. Objeto número três: o sári dela. Depois que sai da cama e vai começar a andar, ela percebe de repente que não consegue se mover — porque suas roupas estão amarradas nas roupas de Apu. Muito estranho. Quem poderia ter feito uma coisa dessas — e por quê? A expressão no rosto da garota é ao mesmo tempo de irritação e de diversão, e logo entendemos que Apu é o responsável. Ela volta para a cama, lhe dá umas palmadinhas de leve na bunda, e aí desfaz o nó. O que esse momento me diz? Que eles estão fazendo sexo bom, que um sentimento de bom humor se formou entre eles, que os dois estão de fato casados. Mas e quanto ao amor? Eles parecem contentes, mas será que os seus sentimentos mútuos são fortes? É aí que aparece o objeto número quatro: o grampo de cabelo. A esposa sai de cena para preparar o café-da-manhã, e a câmera fecha em Apu. Ele enfim consegue abrir os olhos, boceja, se espreguiça e rola na cama, vê algo na fenda entre os dois travesseiros. Enfia a mão ali e puxa um dos grampos de cabelo da esposa. Esse é o momento culminante. Ele segura o grampo de cabelo e o examina, e, quando a gente observa os olhos de Apu, a ternura e a adoração naqueles olhos, a gente fica sabendo, fora de qualquer dúvida, que ele está loucamente apaixonado por ela, que ela é a mulher da sua vida. E Ray faz isso acontecer sem usar uma única palavra de diálogo.

O mesmo caso dos pratos, disse eu. O mesmo caso da trouxa de lençóis. Sem palavras.

Sem palavras, de fato, respondeu Katya. Não precisa, quando a pessoa sabe o que está fazendo.

Tem outra coisa nessas três cenas. Eu não me dei conta disso enquanto assistia aos filmes, mas, ouvindo você descrever as cenas agora, a idéia me ocorreu de repente.

O que é?

São todas sobre mulheres. Como são as mulheres quem carrega o mundo nas costas. Elas cuidam das coisas reais enquanto seus homens infelizes andam sem rumo, aos trancos e barrancos, arranjando confusão. Ou então ficam deitados sem fazer nada. É o que acontece depois do grampo de cabelo. Apu olha para a esposa no outro lado do quarto, curvada sobre uma panela, preparando o café-da-manhã, e não faz nenhum movimento para ajudá-la. Do mesmo jeito que o italiano não percebe como é difícil para sua esposa carregar aqueles baldes de água.

Finalmente, disse Katya, dando-me uma pequena cotovelada nas costelas. Um homem que entende.

Não exageremos. Só estou acrescentando uma nota de rodapé à sua teoria. Uma teoria muito sagaz, devo acrescentar.

E que tipo de marido foi você, vovô?

Tão avoado e preguiçoso quanto os palhaços desses filmes. Sua avó fazia tudo.

Isso não é verdade.

É, sim. Quando você estava conosco, eu sempre me comportava da melhor maneira do mundo. Você devia ver o que acontecia quando ficávamos sozinhos.

Faço uma pausa para mudar de posição na cama, para ajeitar o travesseiro, para tomar um gole de água no copo que está na mesinha-de-cabeceira. Não quero começar a pensar em Sonia. Ainda é muito cedo, e, se eu me deixar levar agora, vou acabar pensando nela durante horas. Vamos ficar concentrados na história e ver o que acontece se eu a tocar até o fim.

Owen Brick. Owen Brick está a caminho da cidade de Wellington, não sabe em que estado, não sabe em que parte do país, mas, por causa da umidade e da friagem no ar, desconfia que esteja no norte, talvez na Nova Inglaterra, talvez no estado de Nova York, talvez em algum lugar no Alto Meio-Oeste, e aí, lembrando o que Sarge Serge disse sobre a guerra civil, tenta imaginar o motivo da luta e quem está lutando contra quem. Será o Norte contra o Sul, de novo? O Leste contra o Oeste? Os Vermelhos contra os Azuis? Os Brancos contra os Pretos? O que quer que tenha causado a guerra, diz ele consigo, e quaisquer que sejam as questões ou as idéias em disputa, nada disso faz o menor sentido. Como isto pode ser os Estados Unidos se Tobak nada sabe sobre o Iraque? Totalmente confuso, Brick volta para sua especulação anterior, de que está preso num sonho e que, a despeito das provas concretas ao seu redor, ele na verdade está deitado ao lado de Flora, na cama dele, em casa.

A visibilidade está muito fraca, mas através da neblina Brick consegue perceber de modo tênue que está cercado pela mata, que não há casas nem prédios em parte alguma ao alcance da sua vista, nenhum poste de telefone, nenhuma placa de trânsito, nenhuma indicação da presença humana, a não ser a estrada, uma faixa de piche e asfalto mal pavimentada com inúmeros buracos e rachaduras, certamente há anos sem sofrer reparo algum. Ele caminha um quilômetro e meio, depois outro tanto, e nenhum carro passa, ninguém aparece naquele vazio. Por fim, depois de uns vinte minutos, ele ouve o barulho de algo que se aproxima, um barulho de sacolejo, sibilante, que ele tem dificuldade em identificar. Do meio da neblina, sai um homem numa bicicleta, pedalando na sua direção. Brick levanta a mão para atrair a atenção do homem, chama *Alô, Por favor, Senhor,* mas o ciclista o ignora e passa a toda. Depois de um intervalo, começa a aparecer mais gente de bicicleta, uns vão numa direção, outros para o outro lado, mas, a julgar pela atenção que prestam em Brick quando tenta detê-los, parece que ele é invisível.

Oito ou nove quilômetros à frente na estrada, começam a surgir sinais de vida — ou, antes, sinais de uma vida anterior: casas queimadas, mercados de alimentos destroçados, um cachorro morto, vários carros destruídos por explosões. Uma velha em roupas esfarrapadas, empurrando um carrinho de compras cheio com os seus pertences, de repente aparece diante dele.

Desculpe-me, diz Brick. Pode me dizer se esta é a estrada para Wellington?

A mulher pára e olha para Brick com olhos que nada compreendem. Ele nota um pequeno tufo de pêlos que brota no queixo dela, a boca enrugada, as mãos artríticas, retorcidas. Wellington?, diz a velha. Quem perguntou para você?

Ninguém me perguntou, diz Brick. Eu é que estou perguntando para a senhora.

Para mim? O que é que eu tenho a ver com isso? Eu nem conheço você.

E eu também não conheço a senhora. Só estou perguntando se esta é a estrada para Wellington.

A mulher examina Brick por um momento e diz: Vai custar cinco pratas.

Cinco pratas por um sim ou um não? Deve estar doida.

Todo mundo está doido por aqui. Vai querer me dizer que você não está?

Não estou querendo dizer nada para a senhora. Só quero saber onde estou.

Está parado numa estrada, palerma.

Sim, está certo, estou parado numa estrada, mas o que eu quero saber é se esta estrada vai dar em Wellington.

Dez pratas.

Dez pratas?

Vinte pratas.

Esqueça, diz Brick, a essa altura já no limite da sua paciência. Eu vou descobrir sozinho.

Descobrir o quê?, pergunta a mulher.

Em vez de responder, Brick recomeça a andar e, depois que avança na neblina, ouve a mulher soltar uma risada atrás dele, como se alguém tivesse lhe contado uma boa piada...

As ruas de Wellington. Já passa do meio-dia quando ele entra na cidade, esgotado e faminto, com os pés doloridos por causa dos rigores da longa caminhada. O sol evaporou a neblina matinal, e, enquanto Brick vagueia no clima bom, de quinze graus, ele fica animado ao descobrir que o local ainda está mais ou menos intacto, não se trata de uma região arrasada por bombardeios, com detritos amontoados e corpos de civis mortos. Vê uma série de prédios destruídos, algumas ruas com crateras abertas, algumas barricadas demolidas, mas, a não ser por isso, Wellington parece uma cidade em atividade, com pedestres que andam para cima e para baixo, pessoas que entram e saem de lojas, e nenhuma ameaça iminente pairando no ar. A única coisa que a distingue das metrópoles americanas normais é o fato de não haver ali carros, caminhões ou ônibus. Quase todo mundo se movimenta a pé, e quem não está andando está montado em bicicletas. É impossível para Brick saber por enquanto se isso é conseqüência de falta de gasolina ou se é uma determinação da prefeitura, mas ele tem de admitir que o silêncio produz um efeito agradável, que ele prefere aquilo ao clamor e ao caos das ruas de Nova York. No entanto, afora isso, Wellington tem pouca coisa que a recomende. É um lugar degradado, miserável, com prédios feios, mal construídos, sem nenhuma árvore à vista, e com montes de lixo por recolher atravancando as calçadas. Uma cidadezinha triste, talvez, mas não o fim de mundo que Brick estava esperando encontrar.

Sua prioridade é encher a barriga, mas os restaurantes parecem muito escassos em Wellington e ele fica andando a esmo por um tempo, até ver uma lanchonete numa rua transversal que corta uma das avenidas principais. São quase três horas, a hora do almoço já ficou para trás faz muito tempo, e o local está vazio quando ele entra. À esquerda há um balcão com seis bancos vagos; à direita, ao longo da parede oposta, quatro compartimentos estreitos, também vagos. Brick resolve sentar no balcão. Alguns segundos depois, instala-se num dos bancos, aparece uma jovem que vem da cozinha e põe um cardápio na frente dele. Ela tem entre vinte e cinco e trinta anos, uma loura magra, pálida, com uma aparência cansada nos olhos e o toque de um sorriso nos lábios.

O que tem de bom hoje?, pergunta Brick, sem se dar o trabalho de abrir o cardápio.

É melhor perguntar o que *temos* hoje, retruca a garçonete.

Ah! Bom, quais são as opções?

Salada de atum, salada de galinha, e ovos. O atum é de ontem, a galinha é de dois dias atrás, e os ovos chegaram hoje de manhã. A gente prepara os ovos do jeito que o senhor preferir. Fritos, mexidos, cozidos. Duros, mais ou menos, moles. Tanto faz, na verdade.

Não tem toucinho ou salsichas? Umas torradas ou umas batatas?

A garçonete revira os olhos com ar de zombaria e incredulidade. Está sonhando, meu bem, diz. Ovos são ovos. Não são ovos com outra coisa. São só ovos.

Está certo, diz Brick, sentindo-se frustrado mas tentando mesmo assim manter um ar animado, vamos ver esses ovos, então.

Como quer os ovos?

Vejamos... Como é que vou querer? Mexidos.

Quantos?

Três. Não, faça quatro.

Quatro? Vai custar vinte pratas, o senhor sabe, não é? A garçonete estreita bem os olhos e fita Brick como se o estivesse vendo pela primeira vez. Balançando a cabeça, ela acrescenta: O que o senhor está fazendo numa pocilga feito esta se tem vinte dólares no bolso?

Porque eu quero ovos, responde Brick. Quatro ovos mexidos, servidos por...

Molly, diz a garçonete, e dá um sorriso para ele. Molly Wald.

... por Molly Wald. Alguma objeção?

Nenhuma, que eu saiba.

Então Brick pede quatro ovos mexidos, pelejando para manter um clima leve, de bate-papo, com a magrela e amistosa Molly Wald, mas por baixo de tudo isso ele calcula que, com preços como aquele — cinco dólares por um ovo sozinho numa colher engordurada —, o dinheiro que Tobak lhe deu naquela manhã não vai durar muito tempo. Quando Molly se vira e grita o pedido para a cozinha atrás dela, Brick se indaga se deveria começar a perguntar a ela a respeito da guerra ou se seria melhor segurar um pouco mais suas cartas e ficar de bico fechado. Ainda indeciso, ele pede uma xícara de café.

Desculpe, não dá, responde Molly, estamos com falta. Chá quente. Posso servir um pouco de chá quente, se quiser.

Está bem, diz Brick. Um bule de chá. Depois de um instante

de hesitação, ele toma coragem e pergunta: Só por curiosidade, quanto custa?

Cinco pratas.

Cinco pratas? Parece que tudo custa cinco pratas por aqui.

Obviamente espantada com o comentário dele, Molly se debruça para a frente, planta os braços sobre o balcão e balança a cabeça. Você é meio biruta, não é?

Talvez, responde Brick.

A gente parou de usar notas de um e moedas já faz meses. Por onde é que você tem andado, meu velho? É estrangeiro ou algo assim?

Não sei. Sou de Nova York. Isso faz de mim um estrangeiro ou não?

Da cidade de Nova York?

De Queens.

Molly solta uma risadinha cortante, que parece transmitir ao mesmo tempo desprezo e piedade pelo seu freguês que não sabe de nada. Essa é demais, diz ela, é demais mesmo. Um sujeito de Nova York que não tem a menor noção de nada.

Eu... hã..., gagueja Brick, eu andei doente. Fora de atividade. Sabe, num hospital, e não acompanhei o que se passava no mundo.

Bem, para sua informação, sr. Burro, diz Molly, estamos em guerra, e foi Nova York quem começou.

Ah?

É, sim, *ah*. Secessão. Deve ter ouvido falar. Quando um estado declara independência do resto do país. Agora somos dezesseis, e só Deus sabe quando é que vai terminar. Não estou dizendo que é errado, mas acho que já deu o que tinha que dar. A gente cansa e, depois de um tempo, fica de saco cheio da história toda.

Houve um bocado de tiroteio na noite passada, diz Brick, finalmente se atrevendo a fazer uma pergunta direta. Quem ganhou?

Os federais atacaram, mas as nossas tropas rechaçaram o ataque. Duvido que tentem atacar de novo tão cedo.

O que significa que as coisas vão andar bem sossegadas em Wellington.

Ao menos por enquanto, sim. Ou é o que eles dizem. Mas quem pode saber?

Uma voz da cozinha anuncia: *Quatro ovos mexidos*, e logo em seguida uma bandeja branca aparece na prateleira atrás de Molly. Ela se vira, pega a refeição de Brick e a põe na frente dele. Depois vai preparar o chá.

Os ovos estão secos, e passaram do ponto, e nem mesmo umas boas doses de sal e pimenta conseguem dar algum sabor a eles. Meio faminto depois de uma caminhada de dezenove quilômetros, Brick enfia garfadas cheias de comida na boca, uma após outra, mastiga com zelo aqueles ovos borrachudos e os encharca com goles seguidos de chá — que não está quente, como foi prometido, mas morno. Não importa, diz consigo. Tendo de encarar tantas perguntas sem resposta, a qualidade da comida é a menor das suas preocupações. Faz uma pausa no meio da batalha contra os ovos, olha para Molly, ainda atrás do balcão, de braços cruzados sobre o peito, olhando para ele enquanto ele come, mudando o peso do corpo ora para a perna esquerda ora para a direita, seus olhos verdes cintilam com o que parece uma vontade de rir reprimida.

O que há de tão engraçado?, pergunta ele.

Nada, diz ela, dando de ombros. Só que você está comendo tão depressa que me faz lembrar um cachorro que a gente tinha em casa quando eu era pequena.

Desculpe, diz Brick. Estou com fome.

Deu para perceber.

Também deve ter percebido que sou novo por aqui, diz ele. Não conheço ninguém em Wellington e preciso de um lugar para ficar. Estava pensando se você não teria alguma idéia para me dar.

Por quanto tempo?

Não sei. Talvez uma noite, talvez uma semana, talvez para sempre. É cedo para dizer.

Isso é muito vago, não acha?

Não tem outro jeito. Veja, estou numa situação, numa situação muito estranha, e me sinto esbarrando nas coisas no escuro. A verdade é que nem sei que dia é hoje.

Quinta-feira, 19 de abril.

Dezenove de abril. Bom. É isso mesmo que eu teria dito. Mas de que ano?

Está de brincadeira?

Não, infelizmente não. Em que ano estamos?

Dois mil e sete.

Estranho.

Estranho por quê?

Porque o ano está certo, mas tudo o mais está errado. Escute, Molly...

Estou escutando, amigo. Sou toda ouvidos.

Certo. Agora, se eu lhe disser as palavras *onze de setembro*, elas significam alguma coisa especial?

Nada de especial.

E *World Trade Center*?

As torres gêmeas? Aqueles edifícios altos lá em Nova York?

Exatamente.

O que têm eles?

Ainda estão de pé?

Claro que estão. O que há com você, afinal?

Nada, responde Brick, resmungando consigo numa voz quase inaudível. Em seguida, baixando os olhos para os ovos comidos pela metade, sussurra: Um pesadelo substitui o outro.

Quê? Não ouvi o que disse.

Levantando a cabeça e olhando para Molly bem nos olhos,

Brick faz uma última pergunta: E não há nenhuma guerra no Iraque, não é?

Se já tem a resposta, por que me pergunta?

Eu precisava ter certeza. Desculpe.

Olhe aqui, senhor...

Owen. Owen Brick.

Muito bem, Owen. Não sei qual é o seu problema, e não sei o que aconteceu com você lá no hospital, mas, se eu fosse você, eu trataria de comer esses ovos antes que fiquem frios. Vou lá na cozinha dar um telefonema. Um dos meus primos é gerente no turno da noite de um hotelzinho que fica logo ali na esquina. Pode ter uma vaga lá.

Por que está sendo tão gentil? Nem me conhece.

Não estou sendo gentil. Meu primo e eu temos um trato. Toda vez que eu arranjo um cliente para ele, ganho dez por cento na primeira noite. São só negócios, seu homem de outro planeta. Se ele tiver um quarto para você, não me deve mais nada.

E acontece que, no hotel, tem um quarto vago. Na hora que Brick engole o último bocado da sua comida (com a ajuda de mais um gole do chá agora frio), Molly volta da cozinha para lhe dar a boa notícia. Há três quartos vagos, diz ela, dois por trezentos a noite e o outro por duzentos. Como não sabia quanto ele podia pagar, ela tomou a iniciativa de reservar o quarto de duzentos, clara indicação, observa Brick agradecido, de que, apesar do seu papo muito frio de que eram *só negócios*, Molly reduziu a comissão dela em dez dólares como um favor para ele. Não é uma garota ruim, pensa Brick, por mais que ela tente esconder isso. Brick está se sentindo tão solitário, tão desnorteado com os acontecimentos das últimas vinte horas, que gostaria que a garota abandonasse o seu posto atrás do balcão e o acompanhasse até o hotel, mas sabe que ela não pode, e Brick é tímido demais para lhe pedir que abra uma exceção para ele. Em vez disso, Molly rabisca um desenho num guardanapo de papel mostrando o caminho que ele tem de fazer para chegar ao hotel Exeter, a apenas um quarteirão de distância. Em seguida ele paga a conta, insiste para que ela aceite dez dólares de gorjeta e se despede com um aperto de mão.

Espero ver você outra vez, diz Brick, de repente à beira das lágrimas, feito um idiota.

Estou sempre por aqui, responde ela. Das oito às seis, de segunda a sexta. Se quiser mais uma refeição ruim, já sabe aonde deve ir.

O hotel Exeter é um prédio de seis andares, de calcário, no meio de um quarteirão cheio de pontas de estoque de sapatos e bares mal iluminados. Pode ter sido um lugar atraente há uns sessenta ou setenta anos, mas basta dar uma olhada no saguão, com suas poltronas tortas, de veludo roído pelas traças, e suas palmeirinhas mortas em vasos, e Brick logo entende que duzentos dólares não compram muita coisa em Wellington. Fica meio espantado quando o atendente atrás do balcão faz questão de que ele pague adiantado, mas, como não está familiarizado com os hábitos locais, não se dá o trabalho de reclamar. O atendente, que poderia passar por irmão gêmeo de Serge Tobak, conta as quatro notas de cinqüenta dólares, enfia numa gaveta embaixo do balcão de mármore rachado e entrega a Brick a chave do quarto 406. Não solicita nenhuma assinatura nem nenhum documento de identidade. Quando Brick pergunta onde fica o elevador, o atendente informa que ele está quebrado.

Um tanto sem fôlego depois de subir quatro andares pela escada, Brick destranca a porta e entra no quarto. Observa que a cama está arrumada, que as paredes brancas têm o aspecto e o cheiro de paredes recém-pintadas, que tudo está relativamente limpo, mas, quando começa a olhar em volta com seriedade, é tomado por uma sensação de pavor esmagadora. O quarto é tão desolador e tão pouco acolhedor que dá a impressão de ter hospedado ao longo de anos dezenas de pessoas desesperadas sem outro intuito além do de cometer suicídio. De onde veio essa impressão? Será o seu próprio estado de ânimo, pergunta-se, ou será que vem dos fatos? A escassez da mobília, por exemplo: só uma cama e um surrado guarda-roupa perdido no meio de um espaço grande demais. Sem cadeiras, sem telefone. A ausência de retratos na parede. O banheiro despojado, triste, só com uma miniatura de sabonete dentro da embalagem sobre a pia branca, uma única toalha branca de mão pendurada no gancho, o esmalte enferrujado na banheira branca. Andando em círculos, numa espiral de medo cada vez mais rápida, Brick resolve ligar o velho televisor em preto-e-branco perto da janela. Talvez isso o acalme, pensa, ou, se tiver sorte, talvez esteja no ar um telejornal e ele consiga saber alguma coisa sobre a guerra. Um zunido oco, ecoante, emerge da caixa quando ele aperta o botão. Um sinal promissor, diz consigo, mas então, depois de uma longa espera enquanto a máquina esquenta aos poucos, nenhuma imagem aparece na tela. Nada senão neve, e o som estridente da estática. Muda de canal. Mais neve, mais estática. Percorre todo o botão de sintonia de canais, mas cada parada produz o mesmo resultado. Mais do que apenas desligar o televisor, Brick arranca o fio da parede. Então senta na cama muito velha, que geme sob o peso do seu corpo.

Antes que ele tenha chance de afundar num lodaçal de autopiedade inútil, alguém bate na porta. Sem dúvida, algum funcionário do hotel, pensa Brick, mas em segredo torce para que seja Molly Wald, torce para que de algum modo ela tenha conseguido escapulir da lanchonete por alguns minutos para ver como ele estava e verificar se tinha dado tudo certo. Não era lá muito provável, é claro, e, assim que ele destrancou a porta, sua esperança foi varrida para longe. O visitante não era Molly, mas também não era um funcionário do hotel. Em vez disso, Brick se viu diante de uma mulher alta, atraente, de cabelo escuro e olhos azuis, vestindo jeans preto e jaqueta de couro marrom — roupas iguais às que Sarge Serge lhe dera naquela manhã. Quando Brick examina melhor o rosto, convence-se de que os dois já se viram antes, mas sua mente se recusa a despertar a lembrança de onde e quando.

Oi, Owen, diz a mulher, disparando um sorriso frio, claro, e, quando ele olha para sua boca, percebe que ela está usando um batom vermelho bem carregado.

Conheço você, não é?, responde Brick. Pelo menos, acho que conheço. Ou vai ver você me lembra alguém.

Virginia Blaine, declara a mulher, alegre, a voz vibrante de triunfo. Não lembra? A gente teve uma paquera na décima série.

Meu Deus, sussurra Brick, mais desorientado que nunca. Virginia Blaine. Ficávamos sentados lado a lado na aula de geometria da srta. Blunt.

Não vai me convidar para entrar?

Claro, claro, diz ele, dá um passo para o lado, na porta, e observa a mulher cruzar a soleira.

Depois de correr os olhos pelo quarto lúgubre, desolador, Virginia se vira para ele e diz: Que lugar horroroso. Por que você se hospedou logo aqui?

É uma história comprida, responde Brick, sem querer entrar em detalhes.

Isto aqui não vai servir, Owen. Vamos ter de arranjar um lugar melhor para você.

Amanhã, talvez. Já paguei por esta noite, e duvido que me dêem o dinheiro de volta.

Não tem nem uma cadeira para sentar.

Eu percebi. Pode sentar na cama, se quiser.

Obrigada, diz Virginia, lançando um olhar para a colcha verde surrada, acho que vou ficar em pé.

O que você está fazendo aqui?, pergunta Brick, mudando de assunto de repente.

Vi você entrar no hotel e subi para...

Não, não, não é isso que estou perguntando, diz ele, interrompendo a mulher no meio da frase. Estou dizendo *aqui*, em Wellington, uma cidade de que nunca ouvi falar. Neste país, que devia ser os Estados Unidos mas não é, pelo menos não os Estados Unidos que eu conheço.

Não posso lhe dizer. Não por enquanto, em todo caso.

Vou dormir com a minha mulher em Nova York. Fazemos amor, pegamos no sono, e, quando acordo, estou deitado num buraco no meio do maior fim de mundo, vestindo uma porcaria de um uniforme militar. Que diabo está acontecendo?

Calma, Owen. Sei que é um pouco desnorteante no início, mas você vai se acostumar, eu prometo.

Não quero me acostumar. Quero voltar para a minha vida.

Vai voltar. E muito mais cedo do que imagina.

Bem, ao menos já é alguma coisa, diz Brick, sem saber se deve acreditar ou não. Mas, se eu posso voltar, e você, não pode?

Eu não quero voltar. Já faz bastante tempo que estou aqui, e prefiro viver aqui a viver onde estava antes.

Bastante tempo... Então, quando você parou de ir à escola, não foi porque seus pais se mudaram.

Não.

Senti muita saudade de você. Durante uns três meses, fiquei tentando tomar coragem para chamar você para sair comigo, e aí, quando enfim me preparei, você foi embora.

Não teve jeito. Eu não tinha opção.

O que mantém você aqui? Está casada? Tem filhos?

Sem filhos, mas eu estava casada. Meu marido foi morto no início da guerra.

Lamento.

Eu também lamento. E também lamento um pouquinho saber que você está casado. Não me esqueci de você, Owen. Sei que já faz muito tempo, mas eu tinha tanta vontade quanto você de sairmos juntos.

Não me diga.

É verdade. Sabe, de quem você acha que foi a idéia de trazer você para cá?

Está brincando. Escute, Virginia, por que faria uma coisa tão terrível assim comigo?

Queria ver você de novo. E também achei que você era a pessoa perfeita para a missão.

Que missão?

Não se faça de desentendido, Owen. Sabe do que estou falando.

Tobak. O palhaço que diz se chamar Sarge Serge.

E Lou Frisk. Você devia ir direto falar com ele, lembra?

Eu estava cansado. Passei o dia todo caminhando de barriga vazia, e tinha de comer alguma coisa e tirar um cochilo. Eu já ia para a cama quando você bateu na porta.

Má sorte. Estamos com o cronograma muito apertado e temos de ir falar com o Frisk agora mesmo.

Não posso. Estou exausto demais. Deixe-me dormir algumas horas, e depois irei lá com você.

Eu não deveria...

Por favor, Virginia. Pelos velhos tempos.

Tudo bem, diz ela, olhando para o relógio em seu pulso. Vou lhe dar uma hora. Agora são quatro e meia. Às cinco e meia em ponto, pode contar que vão bater na sua porta.

Obrigado.

Mas nada de gracinhas, Owen. Certo?

Claro que não.

Depois de dirigir um sorriso carinhoso e cheio de afeto a Brick, Virginia abre os braços e lhe dá um abraço de despedida. É tão bom ver você de novo, sussurra no ouvido dele. Brick se mantém calado, os braços pendurados ao lado do corpo, enquanto uma centena de pensamentos passam em disparada por sua cabeça. Enfim, Virginia o solta, dá uma palmadinha na sua bochecha e caminha na direção da porta, que ela abre com um rápido impulso para baixo na maçaneta. Antes de sair, vira-se e diz: Cinco e meia.

Cinco e meia, repete Brick, e depois a porta bate com força e Virginia vai embora.

Brick já tem um plano — e uma série de princípios. Em nenhuma hipótese vai se encontrar com Frisk ou cumprir a missão para a qual foi designado. Não vai assassinar ninguém, não vai entrar no jogo de ninguém, vai se manter fora de alcance o tempo que for necessário. Como Virginia sabe onde ele está, ele terá de sair do hotel e não voltar nunca mais. Aonde ir em seguida é o seu problema imediato, e ele só consegue pensar em três soluções possíveis. Voltar à lanchonete e pedir ajuda a Molly Wald. Se ela não quiser ajudar, o que vai fazer? Vagar pelas ruas e procurar outro hotel, ou esperar que a noite caia e então fugir de Wellington.

Espera dez minutos, mais que o suficiente para Virginia descer os quatro andares pela escada e sair do hotel Exeter. Talvez ela esteja esperando no saguão, é claro, ou vigiando a saída do hotel do outro lado da rua, mas, se ela não estiver no saguão, ele vai escapulir por uma porta de fundos, supondo que exista uma porta de fundos e que ele consiga achá-la. E se ela estiver mesmo no saguão, afinal? Ele vai sair correndo para a rua, pura e simplesmente. Brick pode não ser o mais rápido do mundo, mas durante a conversa com Virginia percebeu que ela estava usando botas de salto alto, e sem dúvida, em qualquer circunstância, um homem com sapatos comuns é capaz de correr mais que uma mulher com botas de salto alto.

Quanto ao abraço e ao sorriso afetuoso, quanto à declaração de que queria vê-lo de novo e lamentar não ter saído com ele na época do colégio, Brick é cético, para dizer o mínimo. Virginia

Blaine, a paixão dos seus quinze anos de idade, era a garota mais bonita da turma, e todos os garotos desmaiavam de tesão e de desejo mudo toda vez que ela passava. Brick não disse a verdade quando contou que estava prestes a convidá-la para sair. É claro que queria convidar, mas, àquela altura da vida, nunca teria coragem.

Jaqueta de couro com o zíper fechado, mochila pendurada no ombro direito, lá vai Brick, pela escada dos fundos, a saída de emergência, que por misericórdia permite que ele evite o saguão e chegue a uma porta de metal que dá para uma rua paralela à da entrada da frente do hotel. Não há o menor sinal de Virginia, e nosso herói exaurido está tão animado com o sucesso da sua fuga que tem um momentâneo acesso de otimismo, ao sentir que pode, afinal, acrescentar a palavra *esperança* ao léxico das suas misérias. Segue em frente bem depressa, desliza por emaranhados de pedestres, desvia-se de um menino que anda num pula-pula, reduz a velocidade dos passos por um instante, quando quatro soldados carregando fuzis se aproximam, enquanto ouve o estrépito constante das bicicletas que passam pela rua. Vira uma esquina, vira outra, e mais uma, e lá está ele, na porta da lanchonete Pulaski, a lanchonete onde Molly trabalha.

Brick entra, e mais uma vez o lugar está vazio. Agora que compreende as circunstâncias, isso nem chega a ser uma surpresa para ele, pois por que alguém se daria o trabalho de ir a um restaurante que não tem comida? Nenhum freguês à vista, portanto, porém o mais desanimador é a ausência de Molly também. Imaginando que talvez ela tivesse ido para casa mais cedo, Brick chama o seu nome e, como ela não aparece, chama de novo, mais alto. Depois de vários segundos nervosos, fica aliviado ao ver Molly vir para o salão, mas, quando ela o reconhece, o tédio em seu rosto logo se transforma em preocupação, talvez até em raiva.

Está tudo bem?, pergunta ela, a voz soa tensa e defensiva.

Sim e não, diz Brick.

O que isso significa? Você teve alguma dificuldade lá no hotel?

Nenhuma. Já estavam à minha espera. Paguei por uma noite adiantado e subi.

E que tal o quarto? Algum problema?

Vou lhe contar uma coisa, Molly, diz Brick, incapaz de conter o sorriso que se espalha por seus lábios. Viajei o mundo inteiro, e, em termos de acomodações de primeira classe, quer dizer, conforto e elegância da maior qualidade, nada se aproxima do quarto 406, do hotel Exeter, em Wellington.

Molly dá um sorriso largo diante do comentário jocoso e, de uma hora para outra, parece uma pessoa diferente. É, sim, eu sei, diz. É um hotel de classe, não é?

Ao ver aquele sorriso, Brick de repente compreende a causa da preocupação dela. Sua primeira suposição foi que ele tinha voltado para reclamar, para acusá-la de tê-lo tapeado, mas, agora que já sabia que não era nada disso, baixou a guarda, relaxou numa atitude mais gentil.

Não tem nada a ver com o hotel, diz ele. A questão é a situação de que falei com você antes. Tem um monte de gente atrás de mim. Querem que eu faça uma coisa que não quero fazer, e agora sabem que estou hospedado no hotel Exeter. O que quer dizer que não posso mais ficar lá. Foi por isso que voltei. Para pedir a sua ajuda.

Por que eu?

Porque você é a única pessoa que eu conheço.

Você não me conhece, diz Molly, e muda o peso do corpo da perna direita para a esquerda. Servi uns ovos para você, arranjei um quarto para você ficar, a gente conversou uns cinco minutos. Não dá para dizer que com isso você me conhece.

Tem razão. Não conheço você. Mas não consigo pensar em mais ninguém para procurar.

Por que eu deveria arriscar a minha pele por sua causa? Você deve estar metido em alguma encrenca feia. Uma encrenca com a polícia ou com o exército. Vai ver fugiu do hospital. Eu vou hospedar um doido varrido na minha casa. Vamos, me dê um motivo para eu ajudar você.

Não posso. Não tenho nenhum, diz Brick, desanimado com a maneira como se enganou a respeito daquela garota, como foi tolo em pensar que podia contar com ela. A única coisa que posso oferecer é dinheiro, acrescenta, lembrando-se do envelope com notas de cinqüenta na mochila. Se sabe de um lugar onde eu possa me esconder por um tempo, ficarei contente em pagar você por isso.

Ah, bom, isso é diferente, não é?, diz a transparente e não tão dissimulada Molly. De quanto dinheiro estamos falando?

Não sei. Você me diz.

Acho que posso deixar você no meu apartamento por uma ou duas noites. O sofá é comprido o bastante para esse seu corpo, acho. Mas nada de querer transar. Meu namorado mora comigo, e ele tem um temperamento horroroso, se é que você me entende, por isso não vá ficando com idéias idiotas.

Sou casado. Não me meto em coisas desse tipo.

Essa é boa. Não existe um só homem casado neste mundo que não queira dar uma trepadinha extra se pintar uma oportunidade.

Talvez eu não viva neste mundo.

É, talvez você não viva neste mundo. Isso explica uma porção de coisas, não é?

Então, quanto vai cobrar?, pergunta Brick, ansioso para completar logo a transação.

Duzentas pratas.

Duzentas? Isso é um bocado salgado, não acha?

Você não entende porcaria nenhuma, cavalheiro. Por aqui, isso é o mínimo do mínimo. É pegar ou largar.

Tudo bem, diz Brick, inclinando a cabeça e soltando um suspiro longo e fúnebre. Vou pegar.

* * *

De repente, uma necessidade premente de esvaziar a bexiga. Eu não devia ter bebido aquele último copo de vinho, mas a tentação foi forte demais, e o fato é que gosto de ir dormir um pouquinho alto. A garrafa de suco de maçã está no chão ao lado da cama, mas, quando estico a mão e tateio o ar para pegá-la no escuro, não consigo encontrá-la. A garrafa foi idéia de Miriam — poupar-me a dor e a dificuldade de ter de sair da cama e capengar até o banheiro no meio da noite. Uma idéia excelente, mas a questão toda é ter a garrafa ao alcance da mão, e esta noite em particular meus dedos esticados, tateantes, não fazem nenhum contato com o vidro. A única solução é acender a luz da cabeceira da cama, mas, depois que isso acontece, qualquer chance que eu ainda tiver de dormir desaparece para sempre. A lâmpada tem só quinze watts, mas, na escuridão de breu deste quarto, acender a lâmpada vai ser o mesmo que me expor a uma causticante rajada de fogo. Vou ficar cego durante alguns segundos e então, à medida que as pupilas se expandirem gradativamente, vou ficar totalmente desperto, e, mesmo depois de eu apagar a luz, meu cérebro vai continuar a se agitar até o nascer do dia. Sei disso com base numa longa experiência, uma vida inteira em combate contra mim mesmo nas trincheiras da noite. Ah, bem, não há nada a fazer, absolutamente nada. Acendo a luz. Fico cego. Pisco os olhos devagar, enquanto minha visão se adapta, e então avisto a garrafa, no chão, a apenas cinco centímetros do seu lugar de costume. Debruço-me, estico o corpo um pouco mais e seguro a maldita. Então, empurrando as cobertas, vou levantando aos poucos e fico em posição sentada — com cuidado, com cuidado, para não provocar a ira da minha perna despedaçada —, giro a tampa da garrafa, enfio meu pau no buraco e deixo o xixi fluir. É sempre uma satisfação, o momento em que o esguicho começa, e depois a visão do líquido amarelo e borbulhante cascateando dentro da garrafa, enquanto o vidro vai esquentando na minha mão. Quantas vezes uma pessoa urina ao longo de setenta e dois anos? Eu poderia fazer as contas, mas para que me dar o trabalho agora, quando a tarefa já está quase encerrada? Ao retirar o pênis do buraco, olho para baixo, para o meu velho camarada, e me pergunto se ainda farei sexo outra vez, se vou de novo encontrar uma mulher que queira ir para a cama comigo e passar a noite nos meus braços. Afasto o pensamento, digo a mim mesmo para desistir, pois esse é o caminho para a loucura. Por que você tinha de morrer, Sonia? Por que eu não podia ir antes?

Tampo de novo a garrafa, devolvo-a ao lugar correto no chão e puxo as cobertas sobre mim. E agora? Apagar a luz ou não apagar a luz? Quero voltar para a minha história e descobrir o que acontece com Owen Brick, mas os últimos capítulos do livro de Miriam estão na gaveta da mesinha-de-cabeceira, e eu prometi ler e fazer meus comentários. Depois de ficar vendo tantos filmes com Katya, acabei meio sem pique, e me chateia pensar que estou deixando Miriam frustrada. Então, vamos lá, só um pouquinho, mais um ou dois capítulos — pelo bem de Miriam.

Rose Hawthorne, a caçula dos três filhos de Nathaniel Hawthorne, nascida em 1851, que só tinha treze anos quando o pai morreu, a ruiva Rose, conhecida na família como Botão de Rosa, uma mulher que teve duas vidas, a primeira triste, atormentada, frustrada, a segunda, notável. Muitas vezes me perguntei por que Miriam escolheu esse projeto, mas acho que estou começando a entender, agora. O último livro dela foi a vida de John Donne, o príncipe-herdeiro dos poetas, o gênio dos gênios, e depois ela envereda por uma investigação sobre uma mulher que viveu aos trancos e barrancos durante quarenta e cinco anos, uma pessoa difícil e truculenta, uma assumida "estranha para si mesma", que experimentou sua mão primeiro na música, depois na pintura, voltou-se para a poesia e para os contos, alguns dos quais conseguiu publicar (sem dúvida graças ao prestígio do nome do pai), mas sua obra era pesada e canhestra, medíocre, na melhor das hipóteses — exceto um verso de um poema citado no manuscrito de Miriam, de que gosto imensamente: *Enquanto o mundo bizarro continua a girar.*

Acrescentem-se ao retrato público os fatos da sua fuga amorosa, aos vinte anos, com o jovem escritor George Lathrop, homem de talento que jamais cumpriu a promessa que era, os conflitos amargos desse casamento, a separação, a reconciliação, a morte do único filho aos quatro anos de idade, a separação final, as prolongadas brigas de Rose com o irmão e a irmã, e a gente começa a pensar: por que se dar o trabalho, por que consumir nosso tempo explorando a alma de uma pessoa tão insignificante, infeliz? Mas então, no meio da vida, Rose passou por uma transformação. Tornou-se católica, assumiu votos sagrados, e criou uma ordem de freiras chamadas Servas do Alívio do Câncer Incurável, e dedicou seus últimos trinta anos de vida a cuidar de pobres doentes terminais, uma defensora fervorosa do direito de todas as pessoas morrerem com dignidade. *O mundo bizarro continua a girar.* Noutras palavras, a exemplo de Donne, a vida de Rose Hawthorne foi uma história de conversão, e esse deve ter sido o atrativo, aquilo que despertou o interesse de Miriam. Por que isso a interessa é outra questão, mas creio que vem diretamente da sua mãe: uma convicção fundamental de que as pessoas têm o poder de mudar. Essa foi a influência de Sonia, não minha, e Miriam provavelmente é uma pessoa melhor por isso, porém, por mais que minha filha seja brilhante, há também nela algo de ingênuo e frágil, e peço a Deus que ela entenda que os atos sórdidos que os seres humanos cometem uns contra os outros não são meras aberrações — são parte essencial daquilo que somos. Assim ela sofreria menos. O mundo não iria desmoronar toda vez que algo ruim acontecesse com ela, e ela não iria dormir chorando dia sim, dia não.

Não vou fingir que o divórcio não é uma coisa cruel. Sofrimento indescritível, desespero dilacerante, furor diabólico, e a constante nuvem de mágoa na cabeça, que aos poucos se transforma numa espécie de luto, como se a gente estivesse chorando um morto. Mas Richard abandonou Miriam há cinco anos, e a esta altura era de pensar que ela já estivesse adaptada às suas novas circunstâncias, já tivesse entrado de novo em circulação, tentasse configurar outra vez sua vida. Mas toda a energia dela foi canalizada para escrever e dar aulas, e, sempre que levanto a questão de outros homens, ela fica irritada. Por sorte, Katya já tinha dezoito anos e já estava na faculdade quando aconteceu a separação, e era crescida e forte o bastante para absorver o choque sem se fazer em pedaços. Miriam segurou uma barra muito maior quando eu e Sonia nos separamos. Tinha só quinze anos, uma idade muito mais vulnerável, e, ainda que Sonia e eu tenhamos voltado a viver juntos nove anos depois, o estrago estava feito. Para os adultos, o divórcio já é uma coisa muito difícil, mas é bem pior para as crianças. Elas ficam inteiramente impotentes e têm de agüentar todo o peso da dor.

Miriam e Richard cometeram o mesmo erro que Sonia e eu: casaram-se jovens demais. No nosso caso, tínhamos vinte e dois anos, eu e Sonia — fato nem um pouco raro em 1957. Mas, quando Miriam e Richard se casaram, um quarto de século mais tarde, Miriam tinha a mesma idade da mãe quando se casou. Richard era um pouco mais velho, vinte e quatro ou vinte e cinco, acho, mas o mundo tinha mudado àquela altura, e os dois eram pouco mais que bebês, dois formidáveis estudantes-bebês que faziam pós-graduação em Yale e alguns anos depois tiveram o bebê deles. Será que Miriam não percebeu que Richard acabaria ficando sem paciência? Será que ela não percebeu que um professor universitário de quarenta anos parado na frente de uma turma de alunas de graduação poderia ficar fascinado por aqueles corpos jovens? É a história mais antiga deste mundo, mas a produtiva, leal, tensa Miriam não estava prestando atenção. Nem mesmo com a história da própria mãe gravada bem fundo na mente — aquele momento terrível, quando o cretino do seu pai, depois de dezoito anos de casamento, fugiu com uma mulher de vinte e seis anos. Eu tinha quarenta anos na época. Cuidado com os homens de quarenta.

Por que estou fazendo isso? Por que insisto em percorrer esses caminhos antigos, fatigados; por que essa compulsão de remexer velhas feridas e me fazer sangrar de novo? Seria impossível exagerar o desprezo que às vezes sinto por mim mesmo. Eu deveria estar examinando o manuscrito de Miriam, em vez disso aqui estou, espiando por uma fresta na parede e escavando resquícios do passado, coisas quebradas que não poderão nunca ser consertadas. Vamos à minha história. É só isso que eu quero agora — a minha pequena história, para manter os fantasmas longe de mim. Antes de apagar a luz, abro ao acaso outra página do manuscrito e topo com isto: os dois parágrafos finais do ensaio de Rose sobre o pai, escrito em 1896, em que ela descreve a última vez que o viu.

Pareceu-me uma coisa terrível que alguém tão peculiarmente forte, sensível, luminoso como meu pai se tornasse cada vez mais fraco e mais apagado, e por fim, tal qual um fantasma, imóvel e branco. Contudo, mesmo quando ele claudicava e tinha a aparência de um espectro, mantinha-se digno como nos tempos de grande orgulho, recompunha-se com uma disciplina militar, ainda mais ereto que antes. Não deixava de vestir seu melhor paletó preto quando vinha à mesa de jantar, onde o repasto extremamente prosaico não exercia a menor influência sobre a distinção da refeição. Ele detestava o fracasso, a dependência e a desordem, as regras quebradas e a frouxidão da disciplina, assim como detestava a covardia. Não sou capaz de exprimir como ele me parecia destemido. A última vez que o vi foi quando saiu de casa para fazer a viagem que deveria devolver-lhe a saúde mas que subitamente o levou para o outro mundo. Minha mãe foi à estação com ele — a minha mãe, que, na hora que soube que ele havia morrido, cambaleou e gemeu, embora estivesse tão distante dele, dizendo que algo parecia estar drenando todas as suas energias; eu mal conseguia suportar manter os olhos na sua forma encolhida, torturada, naquele dia da despedida. Meu pai sem dúvida sabia, e minha mãe sentia vagamente, que ele jamais iria voltar.

Como um boneco de neve que representa um homem velho mas ereto, ele ficou parado na minha frente, olhando para mim, por um momento. Minha mãe soluçava enquanto caminhava ao lado dele, rumo ao vagão. Desde então, sentimos saudade dele, no sol, na tempestade, no crepúsculo.

Apago a luz e mais uma vez estou no escuro, envolvido pela escuridão infinita, reconfortante. Em algum ponto ao longe, ouço barulhos de um caminhão que desce por uma estrada rural vazia. Ouço o chiado do ar quando ele entra e sai de minhas narinas. Pelo relógio na mesinha-de-cabeceira, que olhei antes de apagar a luz, é meia-noite e vinte. Horas e mais horas até o nascer do dia, a carga da noite ainda inteira na minha frente... Hawthorne não se importava. Se o Sul queria se separar do país, disse ele, deixe que se separem, e boa sorte. O mundo bizarro, o mundo destroçado, o mundo bizarro que gira enquanto as guerras se inflamam à nossa volta: os braços cortados na África, as cabeças cortadas no Iraque, e na minha própria cabeça essa outra guerra, uma guerra imaginária em solo pátrio, os Estados Unidos se despedaçando, a nobre experiência enfim morta. Meus pensamentos se desviam para Wellington, e de repente posso ver Owen Brick outra vez, sentado num dos bancos na lanchonete Pulaski, olhando para Molly Wald, enquanto ela esfrega as mesas e o balcão e se aproximam as seis horas. Em seguida estão na rua, andam juntos em silêncio enquanto ela o leva para a sua casa, as calçadas entupidas de homens de aspecto exausto e de mulheres que se arrastam do trabalho para casa, soldados parados com fuzis, de guarda, nas esquinas principais, um céu rosado que brilha no alto. Brick perdeu toda a confiança em Molly. Percebendo que não pode confiar nela, que não pode confiar em ninguém, ficou escondido no banheiro masculino da lanchonete durante vinte minutos, antes de saírem, e passou o envelope com notas de cinqüenta dólares da mochila para o bolso direito da frente do jeans. Assim, a chance de ser roubado é menor, achou, e, quando vai para a cama naquela noite, tem a firme intenção de continuar de calça. No banheiro masculino, por fim se dá o trabalho de examinar o dinheiro, e fica animado ao ver a cara de Ulysses S. Grant estampada na frente de todas as notas. Isso provava que aqueles Estados Unidos, aqueles outros Estados Unidos, que não haviam passado pelos acontecimentos do Onze de Setembro ou pela Guerra do Iraque, têm, contudo, vínculos históricos fortes com os Estados Unidos que ele conhece. A questão é: em que ponto as duas histórias começam a divergir?

Molly, diz Brick, rompendo o silêncio de dez minutos em sua caminhada. Você se importa se eu perguntar uma coisa?

Depende do que é, responde ela.

Já ouviu falar da Segunda Guerra Mundial?

A garçonete solta um resmungo curto, irritado. O que você pensa que eu sou?, diz. Uma retardada? É claro que já ouvi falar.

E do Vietnã?

Meu avô foi um dos primeiros soldados que embarcaram para lá.

Se eu dissesse *Yankees de Nova York*, o que você diria?

Qual é? Todo mundo conhece.

O que você diria?, repete Brick.

Com um suspiro exasperado, Molly se volta para ele e declara com voz sarcástica: As Yankees de Nova York? São aquelas garotas que dançam na Casa de Espetáculos do Radio City.

Muito bem. E os Rockettes são um time de beisebol, certo?

Exatamente.

Muito bem. Uma última pergunta, e depois eu paro.

Você é mesmo um chato, sabia?

Desculpe. Sei que você acha que sou uma besta, mas não é culpa minha.

Não, acho que não é. Aconteceu de você nascer desse jeito.

Quem é o presidente?

Presidente? Do que está falando? Não temos presidente.

Não? Então quem é que governa?

O primeiro-ministro, um cabeça-oca. Meu Deus, de que planeta você caiu?

Sei. Os estados independentes têm um primeiro-ministro. Mas e os federais? Ainda têm um presidente?

Claro.

Qual é o nome dele?

Bush.

George W.?

Isso mesmo. George W. Bush.

Mantendo a sua palavra, Brick evita fazer outras perguntas, e mais uma vez os dois caminham pelas ruas em silêncio. Alguns minutos depois, Molly aponta para um prédio de madeira de quatro andares num quarteirão residencial, com aluguéis baratos, cheio de prédios de madeira de quatro andares semelhantes àquele, todos precisando de uma boa pintura. Avenida Cumberland, 628. Aqui estamos, diz ela, tirando uma chave da bolsa e abrindo a porta da frente, e em seguida Brick sobe atrás dela dois andares de uma escada vacilante rumo ao apartamento que ela ocupa com o namorado ainda sem nome. É um apartamento pequeno porém arrumadinho, composto de quarto, sala, cozinha e banheiro com chuveiro mas sem banheira. Ao examinar a casa, Brick fica chocado com o fato de não haver ali televisão nem rádio.

Quando comenta isso com Molly, ela lhe diz que todas as torres de transmissão do estado foram destruídas por explosões nas primeiras semanas da guerra e o governo não tem dinheiro suficiente para reconstruí-las.

Talvez depois que a guerra terminar, diz Brick.

É, talvez, responde Molly, sentando no sofá da sala e acendendo um cigarro. Mas a questão é que ninguém se importa mais. No início foi difícil — *meu Deus, sem TV!* —, mas depois a gente acaba se acostumando e, passado um ou dois anos, a gente começa a gostar. A tranqüilidade, sabe? Nada de vozes gritando com a gente vinte e quatro horas por dia. É uma espécie de vida à moda antiga, eu imagino, como era há cem anos. Se a gente quer notícias, lê o jornal. Se quer ver um filme, vai ao cinema. Acabaram os viciados em televisão. Sei que um monte de gente morreu e sei que a situação por aí está a maior barra, mas talvez tudo isso valha a pena. *Talvez*. Só talvez. Se a guerra não terminar logo, tudo vai virar uma grande merda.

Brick fica desnorteado, sem conseguir uma explicação, mas entende que Molly já não está falando com ele como se ele fosse um idiota. A que atribuir essa inesperada mudança de tom? Ao fato de ela já ter encerrado sua jornada de trabalho e estar em seu apartamento, confortavelmente sentada e dando baforadas no seu cigarro? Ao fato de ela ter começado a sentir pena dele? Ou, ao contrário, ao fato de ele ter deixado Molly duzentos dólares mais rica e ela ter resolvido parar de gozar da sua cara? De um jeito ou de outro, pensa Brick, uma garota que muda muito de estado de ânimo talvez não seja tão estúpida quanto parece, mas também não seja terrivelmente esperta. Há mais uma centena de perguntas que ele gostaria de fazer, mas resolve não forçar a sorte.

Livrando-se da guimba do cigarro, Molly se levanta e diz a Brick que vai jantar com o namorado do outro lado da cidade, em menos de uma hora. Ela anda até o armário entre o quarto e a cozinha, pega dois lençóis, dois cobertores e um travesseiro, depois leva para a sala e joga no sofá.

Aí está, diz. A roupa para a sua cama, que nem é uma cama de verdade. Espero que não tenha muitos calombos.

Estou tão cansado, responde Brick, que podia dormir em cima de um monte de pedras.

Se sentir fome, tem alguma coisa para comer na cozinha. Uma lata de sopa, uma fatia de pão, uns pedaços de peru. Pode fazer um sanduíche.

Quanto?

O que você quer dizer?

Quanto vai me custar?

Deixa disso. Não vou cobrar por um pouco de comida. Você já me pagou bastante.

E quanto ao café-da-manhã?

Por mim, tudo bem. Mas a gente tem pouca coisa. Só café e torrada.

Sem esperar a resposta de Brick, Molly corre até o quarto para trocar de roupa. A porta bate com força, e Brick começa a fazer a cama que não é cama. Quando termina, anda pela sala em busca de jornais e revistas, na esperança de achar alguma coisa que fale a respeito da guerra, algo que lhe dê uma dica sobre onde ele está, alguma migalha de informação que o ajude a entender um pouco mais a terra desnorteante onde foi parar. Mas não há revistas nem jornais na sala — só uma pequena estante atulhada de livros de bolso, policiais e de mistério, que ele não tem a menor vontade de ler.

Volta para o sofá, senta-se, apóia a cabeça no encosto estofado e, imediatamente, cochila.

Quando abre os olhos trinta minutos depois, a porta do quarto está escancarada e Molly foi embora.

Entra no quarto e procura jornais e revistas — sem sucesso.

Em seguida vai à cozinha para esquentar uma lata de sopa de legumes e fazer um sanduíche de peru. Nota que as marcas são familiares: Progresso, Boar's, Head, Arnold's. Enquanto lava a louça depois desse *repasto prosaico*, olha para o telefone branco preso à parede e imagina o que aconteceria se tentasse ligar para Flora.

Tira o fone do gancho, disca o número do seu apartamento em Jackson Heights e recebe a resposta rapidamente. O número está fora de serviço.

Enxuga a louça e põe de volta no armário. Em seguida, depois de apagar a luz da cozinha, vai para a sala e pensa em Flora, a sua companheira de cama argentina e morena, a sua estouradinha, a sua esposa nos últimos três anos. O que ela não deve estar passando, diz consigo.

Apaga as luzes da sala. Desamarra o cadarço dos sapatos. Enfia-se debaixo dos cobertores. Pega no sono.

Algumas horas depois, é acordado pelo barulho de uma chave que entra na fechadura da porta do apartamento. De olhos fechados, Brick escuta o roçar dos passos, o rumor em tom grave de uma voz masculina, a voz metálica, mais aguda, da sua companheira, sem dúvida Molly, claro, é Molly mesmo, que chama o homem de Duke, e então uma luz se acende, fato registrado na forma de um brilho rosado na superfície das suas pálpebras. Os dois parecem meio embriagados, e, quando a luz se apaga e eles cambaleiam para o quarto — onde outra luz se acende logo em seguida —, Brick percebe que estão discutindo sobre alguma coisa. Antes de a porta se fechar, ele capta as palavras *não gosto*, *duzentos*, *arriscado*, *inofensivo*, e entende que ele é o tema da discussão e que Duke não está muito contente com sua presença na casa.

Consegue dormir de novo, depois que a agitação no quarto cessa (sons de cópula; um rugido de Duke, um uivo de Molly, o colchão e as molas guincham), e então Brick divaga num sonho complicado com Flora. De início, está falando com ela no telefone. Não é a voz de Flora, no entanto, com seus erres grossos, enrolados, e sua entonação cantada, mas a voz de Virginia Blaine, e Virginia/Flora suplica que ele voe — não caminhe, mas voe — para uma determinada esquina em Buffalo, Nova York, onde ela estará nua, coberta por uma capa de chuva transparente, com um guarda-chuva vermelho numa das mãos e uma tulipa branca na outra. Brick começa a chorar, diz a ela que não sabe como voar, a essa altura Virginia/Flora grita zangada no telefone, diz que nunca mais quer vê-lo outra vez e desliga. Chocado com a veemência dela, Brick balança a cabeça e murmura consigo: Mas hoje não estou em Buffalo, estou em Worcester, Massachusetts. Então ele está descendo por uma rua em Jackson Heights, vestindo a roupa do Grande Zavello, com a capa preta e comprida, em busca do prédio de apartamentos onde mora. Mas o prédio sumiu, e no seu lugar está um chalé de madeira de um só andar com uma tabuleta acima da porta que diz: Clínica Dentária Americana Pura. Ele entra, e lá está Flora, a Flora de verdade, usando um uniforme branco de enfermeira. Estou tão feliz que o senhor tenha vindo, sr. Brick, diz ela, sem reconhecê-lo, ao que parece, e em seguida o conduz até um escritório e acena para ele sentar numa cadeira de dentista. É uma pena, diz ela, pegando um alicate grande e reluzente, é mesmo uma pena, mas parece que vamos ter de extrair todos os seus dentes. Todos eles?, pergunta Brick, de repente tomado pelo pavor. Sim, responde Flora, todos eles. Mas não se preocupe. Depois que terminarmos, o médico vai lhe dar uma cara nova.

O sonho pára aí. Alguém está sacudindo Brick pelo ombro e ruge umas palavras para ele em voz bem alta, e, quando o sonhador grogue enfim abre os olhos, vê um homem grande, de ombros largos e braços musculosos, erguido diante dele. Um desses marombeiros de academia, pensa Brick, Duke, o namorado, o tal sujeito de maus bofes, que veste uma camiseta preta bem apertada e um calção azul de lutador de boxe, está dizendo para ele cair fora da porra do apartamento.

Paguei uma boa grana..., começa Brick.

Por uma noite, grita Duke. Agora a noite já acabou, e você vai cair fora.

Só um instante, só um instante, diz Brick, levantando a mão direita como um sinal de suas intenções pacíficas. Molly prometeu me dar o café-da-manhã. Café com torrada. Deixe-me tomar um pouco de café, e depois eu vou embora.

Nada de café. Nada de torrada. Nada de nada.

E se eu pagar por isso? Um dinheiro extra, quero dizer.

Você não entende inglês, não?

E, com essas palavras, Duke se curva, agarra Brick pelo suéter e o põe de pé com um safanão. Agora que está em pé, Brick tem uma visão clara da porta do quarto, e, quando seus olhos batem ali, Molly sai, amarrando o cinto do roupão de banho e depois correndo as mãos pelos cabelos.

Pare com isso, diz ela a Duke. Não precisa bancar o agressivo.

Feche o bico, retruca ele. Foi você que arranjou esta encrenca, e agora sou eu que vou ajeitar tudo.

Molly dá de ombros, depois olha para Brick com um ligeiro sorriso de desculpas. Perdão, diz. Acho que é melhor você ir embora.

Enquanto enfia os pés nos sapatos, sem se dar o trabalho de amarrar o cadarço, apanha a jaqueta de couro que está no pé do sofá e veste, Brick diz a ela: Não entendo. Eu lhe dei toda aquela grana, e agora você me põe no olho da rua. Não faz sentido.

Em vez de responder, Molly olha para o chão e dá de ombros de novo. O gesto de apatia transmite toda a força de uma deserção, de uma traição. Sem aliado algum que lhe dê uma força, Brick resolve ir embora sem mais nenhum protesto. Abaixa-se e pega a mochila verde no chão, mas, assim que se vira para ir embora, Duke a arranca das mãos dele.

O que é isso?, pergunta.

Minhas coisas, diz Brick. É claro.

Suas coisas?, retruca Duke. Eu acho que não, seu engraçadinho.

Do que está falando?

Agora são minhas.

Suas? Não pode fazer isso. Tudo o que eu tenho está aí.

Então tente só pegar.

Brick entende que Duke está louco para começar uma briga — e que a mochila é só um pretexto. Sabe também que, se brigar com o namorado de Molly, é mais do que provável que seja dilacerado. Ao menos é o que sua cabeça lhe diz, no instante em que ouve Duke lançar seu desafio, mas Brick já não está pensando com a cabeça, pois a revolta que explode dentro dele esmagou toda a sua razão, e, se ele deixar que esse valentão se meta no seu caminho sem oferecer alguma forma de resistência, vai perder todo o respeito que ainda tem por si mesmo. Portanto, Brick finca o pé, num gesto inesperado, toma à força a mochila das mãos de Duke, e logo depois começa a pancadaria, um ataque tão unilateral e tão breve que o grandalhão põe Brick por terra com apenas três golpes: um de esquerda na barriga, um de direita na cara e uma joelhada no saco. A dor inunda todos os cantos do corpo do mágico, e, enquanto ele rola pelo tapete puído, tentando recuperar o fôlego, com uma das mãos na barriga e a outra em cima do escroto, vê o sangue escorrer do ferimento que se abriu na sua bochecha e em seguida, caído na poça vermelha que se avoluma, um pedaço de dente — a metade de um dos seus incisivos inferiores do lado esquerdo. Tem apenas uma ligeira consciência de que Molly está gritando, e seus gritos parecem vir de uns dez quarteirões de distância. Logo depois, ele perde totalmente a consciência.

Quando retoma o fio da sua própria história, Brick se vê em pé, manobrando o corpo enquanto desce uma escada, agarrado ao corrimão com as duas mãos, descendo bem devagar até o térreo, um passo de cada vez. A mochila sumiu, o que significa que a arma e as balas sumiram, sem falar em tudo o mais que estava na mochila, mas, quando Brick pára a fim de remexer no bolso da frente do jeans, um filete de sorriso corre na sua boca machucada — o sorriso amargo daqueles que não foram completamente derrotados. O dinheiro ainda está ali. Não mais os mil que Tobak lhe dera na manhã anterior, mas quinhentos e sessenta e cinco dólares é melhor do que nada, pensa ele, mais que o suficiente para arranjar um quarto em algum lugar e comer alguma coisa. Era o mais longe que seus pensamentos conseguiam chegar, por enquanto. Esconder-se, lavar o sangue do rosto, encher a barriga se e quando voltar o apetite.

Por mais modestos que esses planos parecessem, são anulados na mesma hora que ele sai do prédio e pisa na calçada. Bem na sua frente, de braços cruzados, com as costas apoiadas na porta de um jipe militar, Virginia Blaine está olhando para Brick com ar indignado.

Sem tramóias, diz ela. Você me prometeu.

Virginia, retruca Brick, dando o melhor de si para se fingir de bobo, o que está fazendo aqui?

Ignorando sua pergunta, a ex-rainha da aula de geometria da srta. Blunt balança a cabeça e replica: Era para a gente se encontrar ontem às cinco e meia da tarde. Você me fez esperar um tempão.

Aconteceu uma coisa, e eu tive de sair na última hora.

Você quer dizer que *eu* aconteci e você fugiu.

Incapaz de pensar numa resposta, Brick não diz nada.

Você não parece lá muito bem, Owen, continua Virginia.

Não, acho que não. Acabei de levar a maior surra.

Devia tomar cuidado com as suas companhias. Esse Rothstein é um sujeito bruto.

Quem é Rothstein?

Duke. O namorado da Molly.

Você conhece?

Trabalha com a gente. É um dos nossos melhores homens.

É um animal. Um boçal sádico.

Tudo isso foi só uma encenação, Owen. Para lhe dar uma lição.

Hã?, grunhe Brick, enquanto a indignação sobe dentro dele. E que lição é essa? O filho-da-puta partiu um dos meus dentes.

Sorte sua que não foram todos.

Muito bacana, resmunga Brick, com um toque de sarcasmo na voz, e depois, sem mais nem menos, o capítulo final do sonho volta de um jato à sua memória: a Clínica Dentária Americana Pura, Flora e o alicate, a cara nova. Bem, pensa Brick, quando toca no ferimento da bochecha, estou com uma cara nova, não é? Graças ao punho de Rothstein.

Você não pode vencer, diz Virginia. Aonde quer que você vá, haverá alguém vigiando. Nunca vai conseguir escapar de nós.

Isso é o que você acha, diz Brick, sem querer desistir mas no fundo já sabendo que Virginia tem razão.

Portanto, meu caro Owen, esse pequeno interlúdio de andar sem rumo e brincar de esconde-esconde chegou ao fim. Pule no jipe. Está na hora de falar com o Frisk.

Nada feito, Virginia. Não posso pular, não posso correr e ainda não posso ir a lugar nenhum. Minha cara está sangrando, meus colhões estão em brasa, e todos os músculos da minha barriga estão em farrapos. Tenho de colar meus pedaços primeiro. Depois eu vou falar com o seu cara. Mas pelo menos me deixe tomar um bom banho.

Pela primeira vez desde que a conversa começou, Virginia sorri. Pobre criança, diz ela, com um sorriso de compaixão, mas se esse novo zelo por ele é genuíno ou falso, Brick não tem a menor idéia.

Você está do meu lado ou não?, pergunta ele.

Entre logo, diz ela, e dá umas palmadinhas na porta do jipe. Claro que estou do seu lado. Vou levá-lo para a minha casa, e lá vamos dar um jeito em você. Ainda está cedo. Lou pode esperar um pouco. Contanto que você o encontre antes de escurecer, tudo bem.

Tranqüilizado quanto a isso, Brick sobe no jipe capengando e consegue alojar sua dolorida carcaça no banco de passageiro, enquanto Virginia se mete na frente do volante. Assim que liga o motor, dá início a um longo e tortuoso relato da guerra civil, sem dúvida sentindo-se na obrigação de pôr Brick a par das circunstâncias do conflito, mas o problema é que ele não está em condições de acompanhar o que ela diz, e, enquanto os dois avançam pelas ruas esburacadas de Wellington, cada tranco e solavanco provoca mais um acesso de dor que atravessa o corpo de Brick. Para aumentar o problema, o barulho do motor é tão alto que quase engole a voz de Virginia, e, para ouvir alguma coisa, Brick tem de se esforçar até o limite da sua capacidade, que está reduzida, na melhor das hipóteses, para não dizer que está completamente anulada. Agarrando-se com as duas mãos ao fundo do banco, apertando a sola dos sapatos no chão, para se proteger do solavanco seguinte do chassi, Brick mantém os olhos fechados durante o trajeto de vinte minutos, e, dos dez mil fatos que desabam em cima dele entre o apartamento de Molly e a casa de Virginia, o que ele consegue reter é o seguinte:

A eleição de 2000... logo depois da decisão da Suprema Corte... protestos... revoltas nas cidades principais... um movimento para abolir o Colégio Eleitoral... a derrota do projeto de lei no Congresso... um novo movimento... liderado pelo prefeito e pelos presidentes de distritos de Nova York... a secessão... aprovado pela legislatura de 2003... ataque das tropas federais... Albany, Buffalo, Syracuse, Rochester... Nova York bombardeada, oito mil mortos... mas o movimento cresce... em 2004, Maine, New Hampshire, Vermont, Massachusetts, Connecticut, Nova Jersey e Pensilvânia se unem a Nova York nos Estados Independentes da América... mais tarde, nesse mesmo ano, Califórnia, Oregon e Washington rompem para formar sua própria república, Pacifica... em 2005, Ohio, Michigan, Illinois, Wisconsin e Minnesota se unem aos Estados Independentes... a União Européia reconhece a existência do novo país... são estabelecidas relações diplomáticas... depois o México... depois os países da América Central e do Sul... em seguida a Rússia e depois o Japão... Enquanto isso, a luta prossegue, muitas vezes horrenda, o ônus das baixas cada vez mais alto... As resoluções da ONU são ignoradas pelos federais, mas até agora não foram usadas armas nucleares, o que significaria morte para os dois lados... Política exterior: nenhuma interferência em parte alguma... Política interna: assistência de saúde universal, nada de petróleo, nada de carros nem aviões, aumento de quatro vezes no salário dos professores (a fim de atrair os melhores alunos para a profissão), controle rigoroso das armas, educação gratuita e formação profissional para os pobres... tudo no reino da fantasia por enquanto, um sonho para o futuro, já que a guerra se arrasta e o estado de emergência ainda vigora.

O jipe reduz a velocidade e vai parando aos poucos. Quando Virginia desliga a ignição, Brick abre os olhos e descobre que já não está no coração de Wellington. Foram para uma rua rica de subúrbio, de casarões no estilo Tudor, com impecáveis gramados frontais, canteiros de tulipas e jasmins e arbustos de rododendro, todos os aparatos necessários para a boa vida. Quando ele desce do jipe e olha para o resto do quarteirão, porém, percebe que várias casas estão em ruínas: janelas quebradas, paredes queimadas, buracos enormes nas fachadas, detritos largados em locais onde algum dia viveram pessoas. Brick deduz que o bairro foi bombardeado durante a guerra, mas não pergunta nada sobre o assunto. Em lugar disso, aponta para a casa em que estão prestes a entrar e comenta, em tom ameno: Esta é uma senhora casa, Virginia. Você parece ter se dado muito bem na vida.

Meu marido era um advogado de grandes empresas, diz ela, sem rodeios, e sem a menor vontade de falar sobre o passado. Ganhou muito dinheiro.

Virginia abre a porta com uma chave, e os dois entram na casa...

Um banho quente, deitado com água até o pescoço durante vinte minutos, trinta minutos, inerte, sossegado, sozinho. Depois disso, ele veste o roupão de banho branco de tecido atoalhado do falecido marido de Virginia, vai até o quarto, senta numa cadeira, enquanto Virginia pacientemente aplica um cicatrizante bactericida no corte em seu rosto e depois cobre a ferida com uma atadura pequena. Brick começa a se sentir um pouco melhor. As maravilhas da água, diz consigo, percebendo que a dor na barriga e nas partes baixas quase desapareceram. Sua bochecha ainda arde, mas em breve esse desconforto também vai diminuir. Quanto ao dente quebrado, não há nada a fazer, até que ele consiga ir a um dentista e pôr uma coroa, mas ele duvida que isso venha a acontecer tão cedo. Por ora (o que se confirma quando ele examina o rosto no espelho do banheiro), o efeito é totalmente repulsivo. Alguns centímetros de esmalte perdido bastam para ele ficar com a cara de um mendigo estropiado, de um caipira de miolo mole. Felizmente o buraco só é visível quando ele sorri, e, no atual estado de Brick, a última coisa que ele quer é sorrir. A menos que o pesadelo termine, pensa, há uma boa chance de nunca mais voltar a sorrir pelo resto da vida.

Vinte minutos mais tarde, agora vestido e sentado na cozinha com Virginia — que preparou para ele um café com torradas, o mesmo café-da-manhã mínimo que quase lhe custou a vida antes, na mesma manhã —, Brick responde às vinte perguntas que ela faz sobre Flora. Ele acha intrigante sua curiosidade. Se ela é a pessoa responsável pela vinda dele a este lugar, o mais provável é que já soubesse tudo a seu respeito, inclusive a respeito do seu casamento com Flora. Mas Virginia é insaciável, e agora Brick começa a se perguntar se todas essas questões não são apenas um truque para mantê-lo na casa, para que ele perca a noção do tempo e não tente fugir outra vez, antes da chegada de Frisk. Ele quer fugir, disso não há dúvida, mas, depois de ficar de molho por tanto tempo na banheira, depois do roupão atoalhado e da delicadeza dos dedos de Virginia ao pôr a atadura no seu rosto, algo dentro dele começou a se suavizar em relação a ela, e ele pode sentir as velhas chamas da adolescência se inflamando aos poucos outra vez.

Eu a conheci em Manhattan, diz ele. Faz uns três anos e meio. Uma festa de aniversário de uma criança no Upper East Side. Eu era o mágico, e ela fornecia os salgadinhos.

Ela é linda, Owen?

Para mim, é. Não é linda do mesmo jeito que você, Virginia, com o seu rosto incrível e seu corpo esguio. Flora é pequena, não chega a um metro e sessenta e cinco, é uma coisinha à-toa, na verdade, mas tem aqueles olhos grandes e ardentes, e todo aquele cabelo escuro emaranhado, e a melhor risada que eu já ouvi.

Você a ama?

Claro.

E ela te ama?

Sim. A maior parte do tempo, pelo menos. Flora tem um temperamento explosivo, pode ter um dos seus ataques e sair falando feito doida. Toda vez que a gente briga, fico pensando que o único motivo para a gente ter casado era que ela queria conseguir a cidadania americana. Mas não acontece muitas vezes. Noventa por cento do tempo, vivemos bem, juntos. Vivemos bem, de verdade.

E os filhos?

Estão programados. Começamos a tentar há alguns meses.

Não desista. Esse foi o meu erro. Esperei demais, e, agora, olhe só para mim. Sem marido, sem filhos, nada.

Você ainda é jovem. Ainda é a garota mais bonita do bairro. Vai aparecer mais alguém, tenho certeza.

Antes que Virginia possa responder, a campainha toca. Ela levanta, resmunga *Merda* entre os dentes, como se estivesse falando a sério, como se lamentasse francamente a intromissão, mas Brick sabe que agora está encurralado e que toda chance de fugir se acabou. Antes de ir para a cozinha, Virginia se vira para ele e diz: Telefonei enquanto você estava tomando banho. Disse-lhe que viesse entre quatro e cinco horas, mas acho que ele não podia esperar. Desculpe, Owen. Eu gostaria de ter essas horas com você e deixar você doido por mim. De verdade. Eu queria trepar com você até explodir. Lembre-se disso quando voltar.

Voltar? Quer dizer que vou voltar?

Lou vai explicar. É o trabalho dele. Sou só uma funcionária subalterna, um dente na engrenagem da grande máquina.

Lou Frisk é um homem de ar circunspecto, por volta dos cinqüenta anos, do tipo meio baixote, com ombros estreitos, óculos de aro de metal e a pele estragada de quem já teve acne. Veste um suéter com decote em V, camisa branca e gravata xadrez, e na mão esquerda leva uma bolsa preta de viagem que parece uma mala de médico. Na hora que entra na cozinha, põe a bolsa no chão e diz: Andou fugindo de mim, cabo.

Não sou cabo, responde Brick. Você sabe disso. Nunca fui soldado na minha vida.

Não no seu mundo, diz Frisk, mas neste mundo você é cabo, do Sétimo de Massachusetts, membro das forças armadas dos Estados Independentes da América.

Pondo a cabeça entre as mãos, Brick solta um resmungo suave, enquanto outro elemento do sonho retorna à sua memória: Worcester, Massachusetts. Ergue os olhos, vê Frisk se instalar numa cadeira na sua frente, do outro lado da mesa, e diz: Então, estou em Massachusetts. É isso que está querendo me dizer?

Wellington, Massachusetts, Frisk faz que sim com a cabeça. Antes conhecida como Worcester.

Brick bate com o punho fechado na mesa, por fim dando vazão à raiva que vinha crescendo dentro dele. Não gosto disso!, grita. Tem alguém dentro da minha cabeça. Nem mesmo meus sonhos me pertencem. Minha vida inteira foi roubada. Então, voltando-se para Frisk e fitando-o nos olhos, grita com toda a força: Quem é que está fazendo isto comigo?

Calma, diz Frisk, e dá umas palmadinhas na mão de Brick. Você tem todo o direito de ficar confuso. É por isso que estou aqui. Sou aquele que explica para você, que põe os pingos nos is. Não queremos que você sofra. Se tivesse me procurado na hora combinada, jamais teria aquele sonho. Entende o que estou tentando lhe dizer?

Na verdade, não, diz Brick, com uma voz mais branda.

Através das paredes da casa, ele percebe o som suave do motor do jipe sendo ligado e depois o distante ronco da mudança de marcha enquanto Virginia vai embora.

Virginia?, pergunta.

O que tem ela?

Acabou de ir embora, não é?

Tem muito que fazer, e o nosso assunto não diz respeito a ela.

Nem se despediu de mim, acrescenta Brick, hesitando em mudar de assunto. Há mágoa na sua voz, como se ele não pudesse acreditar de forma alguma que ela foi capaz de abandoná-lo de um modo tão indiferente.

Esqueça Virginia, diz Frisk. Temos coisas mais importantes para conversar.

Ela disse que eu ia voltar. É verdade?

É. Mas primeiro tenho de lhe dizer por quê. Escute com atenção, Brick, e depois me dê uma resposta honesta. Pondo os braços na mesa, Frisk se inclina para a frente e diz: Estamos no mundo real ou não?

Como é que vou saber? Tudo parece real. Tudo tem cara de real. Estou sentado aqui, no meu próprio corpo, mas ao mesmo tempo não posso estar aqui, posso? Sou de outro lugar.

Você está aqui, muito bem. E você é de outro lugar.

Não podem ser as duas coisas. Tem de ser uma ou outra.

O nome de Giordano Bruno é familiar a você?

Não. Nunca ouvi falar.

Um filósofo italiano do século XVI. Argumentava que, se Deus é infinito e se os poderes de Deus são infinitos, deve existir um número infinito de mundos.

Suponho que isso faça sentido. Contanto que a gente acredite em Deus.

Ele foi queimado na fogueira por causa dessa idéia. Mas isso não quer dizer que ele estivesse errado, não é?

Por que me pergunta? Não sei nada sobre esse assunto. Como posso ter uma opinião sobre algo que não compreendo?

Até você acordar naquele buraco outro dia, toda a sua vida foi passada num mundo. Mas como você podia ter certeza de que aquele era o único mundo?

Porque... porque era o único mundo que eu conhecia.

Mas agora você conhece outro mundo. O que isso sugere a você, Brick?

Não estou entendendo.

Não existe uma única realidade, cabo. Existem muitas realidades. Não existe um único mundo. Existem muitos mundos, e todos seguem paralelos uns aos outros, mundos e antimundos, mundos e mundos-sombra, e cada mundo é sonhado ou imaginado ou escrito por alguém num outro mundo. Cada mundo é a criação de uma mente.

Você está começando a falar que nem o Tobak. Ele disse que

a guerra estava na cabeça de um homem e que, se esse homem fosse eliminado, a guerra iria parar. Essa foi a coisa mais imbecil que eu já ouvi.

Tobak pode não ser o soldado mais brilhante do exército, mas lhe disse a verdade.

Se você quer que eu acredite numa coisa doida como essa, vai ter de me provar primeiro.

Tudo bem, diz Frisk, e bate com as palmas das mãos na mesa. Veja só isto. Sem mais nenhuma palavra, ele mete a mão direita embaixo do suéter e puxa uma fotografia três por cinco do bolso da camisa. Este é o criminoso, diz, empurrando a foto pela mesa na direção de Brick.

Brick apenas lança um rápido olhar para a foto. É uma fotografia colorida de um homem à beira dos setenta anos de idade, ou com setenta e poucos, numa cadeira de rodas em frente a uma casa branca. Um homem com um ar absolutamente simpático, Brick repara, com cabelo cinzento espetado e um rosto envelhecido.

Isso não prova nada, diz, jogando a foto de volta para Frisk. É só um homem. Um homem qualquer. Para mim, podia até ser seu tio.

O nome dele é August Brill, começa Frisk, mas Brick o interrompe antes que ele possa dizer qualquer outra coisa.

Não pelo que disse o Tobak. Ele disse que o nome do homem é Blake.

Blank.

Que seja.

Tobak não está a par dos relatórios mais recentes do serviço secreto. Por um longo tempo, Blank foi o nosso principal suspeito, mas depois nós o riscamos da lista. Brill é o culpado. Agora temos certeza disso.

Então me mostre a história toda. Enfie a mão na sua bolsa, puxe o manuscrito dele e aponte uma frase onde meu nome seja mencionado.

Esse é o problema. Brill não escreve nada. Ele conta a história para si mesmo, em pensamento.

Como vocês podem saber disso?

Segredo militar. Mas sabemos, cabo. Acredite.

Papo furado.

Quer voltar, não quer? Bem, esse é o único meio. Se não aceitar a missão, vai ficar metido aqui para sempre.

Tudo bem. Só para seguir o seu raciocínio, imagine que atirei nesse homem... nesse Brill. O que vai acontecer? Se ele criou o nosso mundo, então, na hora que ele morrer, você não vai mais existir.

Ele não inventou este mundo. Ele só inventou a guerra. E ele inventou você, Brick. Não entende isso? Esta é a sua história, não a nossa. O velho inventou você para que você o mate.

Então agora se trata de um suicídio.

De um jeito tortuoso, sim.

Mais uma vez, Brick põe a cabeça entre as mãos e começa a gemer. Tudo isso é demais para ele, e, depois de tanto esforço para se defender das afirmações desmioladas de Frisk, ele chega a sentir a mente se dissolver, rodopiar loucamente por um universo de pensamentos desconexos e de temores amorfos. Só há uma coisa clara para ele: quer voltar. Quer estar com Flora de novo e voltar para sua vida antiga. Para fazê-lo, deve acatar a ordem de matar uma pessoa que ele nunca viu, alguém completamente estranho para ele. Terá de acatar, mas, depois que passar para o outro lado, o que o impedirá de se recusar a cumprir a missão?

Ainda olhando para a mesa, ele obriga as palavras a saírem da boca: Diga-me alguma coisa sobre o tal sujeito.

Ah, assim está melhor, diz Frisk. Enfim, caímos na real.

Não se faça de bonzinho comigo, Frisk. Apenas me diga o que preciso saber.

Um crítico literário aposentado, setenta e dois anos, mora na periferia de Brattleboro, em Vermont, com a filha de quarenta e sete anos e a neta de vinte e três. A esposa dele morreu no ano passado. O marido da filha a deixou cinco anos atrás. O namorado da neta foi assassinado. É uma casa de lamentações, de almas feridas, e toda noite Brill fica na cama, acordado, no escuro, tentando não pensar no seu passado, criando histórias sobre outros mundos.

Por que ele está numa cadeira de rodas?

Um acidente de carro. A perna esquerda ficou esfacelada. Quase tiveram de amputar.

E, se eu concordar em matar esse homem, vocês vão me mandar de volta.

O trato é esse. Mas não tente fazer corpo mole, Brick. Se quebrar sua promessa, nós vamos atrás de você. Duas balas. Uma para você e outra para Flora. Pum, pum. Acabou-se você. Acabou-se ela.

Mas, se vocês se livrarem de mim, a guerra vai prosseguir.

Não necessariamente. Até este ponto, é apenas uma hipótese, mas alguns de nós acreditam que livrar-se de você vai produzir o mesmo resultado que eliminar Brill. A história iria terminar, e a guerra estaria encerrada. Não pense que não estamos dispostos a correr o risco.

Como é que vou voltar?

No seu sono.

Mas eu já dormi aqui. Duas vezes. E nas duas vezes acordei no mesmo lugar.

É que foi sono normal. Estou falando de sono induzido por meios farmacológicos. Vamos dar uma injeção em você. O efeito é semelhante ao de uma anestesia — quando põem uma pessoa para dormir antes de uma cirurgia. O vazio negro do esquecimento, um nada tão fundo e escuro quanto a morte.

Parece divertido, diz Brick, tão irritado com o que tem pela frente que não consegue evitar uma frágil brincadeira.

Está disposto a tentar a sorte, cabo?

E eu tenho escolha?

* * *

Sinto uma tosse presa no peito, um débil rumor de catarro enterrado bem fundo nos brônquios, e, antes que eu consiga suprimi-lo, a detonação abre caminho pela garganta. Interceptar, impelir a gosma para o norte, expulsar os restos viscosos agarrados nos tubos, mas uma tentativa não basta, nem duas, nem três, e aqui estou eu, num espasmo inapelável, o corpo inteiro em convulsão, num ataque. A culpa é minha. Parei de fumar há quinze anos, mas, agora que Katya está em casa com seu ubíquo maço de American Spirits, comecei a recair nos velhos prazeres sujos, mendigando as guimbas dela, enquanto afundamos no corpus completo do cinema mundial, lado a lado no sofá, soltando fumaça um depois do outro, duas locomotivas sacolejando para longe do mundo nojento, intolerável, mas sem mágoa, devo acrescentar, sem a menor hesitação e sem nenhuma gota de remorso. O que conta é a companhia, o vínculo conspiratório, a solidariedade do tipo foda-se dos amaldiçoados.

Pensando nos filmes novamente, me dou conta de que tenho outro exemplo para acrescentar à lista de Katya. Tenho de me lembrar de dizer a ela amanhã bem cedo — na sala de jantar, durante o café-da-manhã —, pois sei que vai deixá-la contente, e, se eu conseguir arrancar um sorriso daquele rosto tristonho, vou considerar isso uma façanha notável.

O relógio no final em *Era uma vez em Tóquio*. Vimos o filme faz alguns dias, a segunda vez, para nós dois, mas a primeira vez que vi foi há décadas, no fim dos anos 60 ou início dos 70, e, exceto por lembrar que gostei, a maior parte do enredo tinha sumido da minha memória. Ozu, 1953, oito anos depois da derrota japonesa. Um filme lento, solene, que conta a história mais simples do mundo, mas executado com tamanha elegância e com tal profundidade de sentimento que fiquei com lágrimas nos olhos no fim da projeção. Alguns filmes são tão bons quanto livros, tão bons quanto os melhores livros (sim, Katya, admito isso para você), e esse é um deles, não há a menor dúvida, uma obra sutil e comovente como um conto longo de Tolstoi.

Um casal idoso viaja para Tóquio a fim de visitar os filhos já adultos: um médico esforçado, com esposa e filhos, uma cabeleireira casada que dirige um salão de beleza, e uma nora que foi casada com outro filho, morto na guerra, uma viúva jovem que mora sozinha e trabalha num escritório. Desde o início, está claro que o filho e a filha consideram a presença dos pais idosos uma espécie de fardo, um transtorno. Eles estão atarefados com o emprego, com a família, e não têm tempo para cuidar deles da maneira adequada. Só a nora se afasta dos afazeres dela para lhes mostrar alguma gentileza. No final, os pais deixam Tóquio e voltam para o lugar onde moram (nunca mencionado, creio, ou então me distraí e deixei escapar), e algumas semanas depois, sem aviso, sem nenhuma enfermidade premonitória, a mãe morre. A ação do filme, então, muda para a casa da família naquela cidade não nomeada. Os filhos adultos vêm de Tóquio para o enterro, juntamente com a nora, Norika ou Noriko, não consigo lembrar, mas digamos que seja Noriko e nos fixemos nisso. Então um segundo filho aparece, vindo não se sabe de onde, e por fim lá está a filha mais jovem do grupo, que ainda mora na casa, uma mulher de vinte e poucos anos que é professora numa escola primária. Rapidamente compreendemos que ela não só adora e admira Noriko, como a prefere aos irmãos. Depois do enterro, a família está sentada em torno de uma mesa, almoçando, e mais uma vez o irmão e a irmã de Tóquio estão atarefados, atarefados, atarefados, ocupados demais com suas preocupações para oferecer ao pai muito consolo. Começam a olhar para o relógio no pulso e resolvem voltar para Tóquio no trem expresso. O segundo irmão também resolve ir embora. Não há nada declaradamente cruel no seu comportamento — isso deve ser enfatizado, de fato é a questão principal que Ozu está querendo mostrar. Eles estão apenas distraídos, envolvidos nos negócios de sua vida particular, e outras responsabilidades os pressionam. Mas a doce Noriko fica, não quer abandonar o sogro entristecido (uma tristeza reservada, de rosto duro, é verdade, mas tristeza de todo modo), e, na última manhã da sua prolongada visita, ela e a professora tomam o café-da-manhã juntas.

A moça ainda está irritada com a partida apressada dos irmãos e da irmã. Diz que deviam ter ficado mais tempo e os chama de egoístas, mas Noriko defende o que eles fizeram (se bem que ela mesma jamais teria feito aquilo), explicando que todos os filhos acabam se afastando dos pais, que eles têm de cuidar da sua própria vida. A moça insiste em que ela jamais fará uma coisa dessas. De que serve uma família, se a gente age dessa forma?, pergunta ela. Noriko reitera seu comentário anterior, tenta consolar a moça, dizendo que essas coisas acontecem com os filhos, que não há como evitar. Segue-se uma longa pausa, e então a moça olha para a cunhada e diz: A vida é frustrante, não é? Noriko também olha para moça e, com uma expressão distante no rosto, responde: É, sim.

A professora sai para trabalhar, e Noriko começa a arrumar a casa (o que me faz lembrar as mulheres nos outros filmes de que Katya me falou hoje à noite), e então chega a cena com o relógio de pulso, o momento que o filme inteiro veio preparando. O velho entra na casa, vindo do jardim, e Noriko lhe diz que vai embora no trem da tarde. Sentam-se e conversam, e, se consigo lembrar mais ou menos a essência e o curso de sua conversa, é porque pedi a Katya que pusesse a cena outra vez depois que o filme terminou. Fiquei impressionado com ela e queria examinar o diálogo mais detalhadamente, para ver como Ozu conseguiu realizá-lo.

O velho começa agradecendo à nora por tudo o que ela fez, mas Noriko balança a cabeça e diz que não fez nada. O velho insiste, diz que ela foi de grande ajuda e que sua esposa havia comentado com ele como Noriko tinha sido gentil. De novo, ela resiste ao elogio, desdenha suas atitudes como coisas sem importância, insignificantes. Fazendo pé firme, o velho conta que a esposa lhe disse que, quando esteve com Noriko, passou os momentos mais felizes da sua estada em Tóquio. Ela estava muito preocupada com o seu futuro, prossegue o velho. Você não pode continuar vivendo assim. Tem de se casar outra vez. Esqueça-se de X (o filho dele, o marido dela). Ele morreu.

Noriko fica perturbada demais para reagir, porém o velho não está disposto a desistir e dar a conversa por encerrada. Referindo-se outra vez à sua esposa, ele acrescenta: Ela dizia que você foi a mulher mais gentil que conheceu na vida. Noriko resiste, afirma que a esposa dele a estava superestimando, mas o velho, de maneira inflexível, diz que ela está enganada. Noriko começa a perder a cabeça. Não sou a mulher gentil que o senhor pensa que sou, diz. Na verdade, sou muito egoísta. E então explica que não fica pensando o tempo todo no filho do velho, que se passam vários dias sem que ela se lembre dele uma vez sequer. Depois de uma pausa, ela confessa como se sente solitária, que às vezes não consegue dormir à noite, fica deitada na cama imaginando o que vai ser da sua vida. Meu coração parece estar esperando alguma coisa, diz. Sou egoísta.

VELHO: Não, não é.

NORIKO: Sim. Sou.

VELHO: Você é uma boa mulher. Uma mulher honesta.

NORIKO: De modo algum.

Nesse momento, Noriko enfim perde o controle e desata a chorar, soluça nas mãos enquanto as comportas se abrem — essa jovem que sofreu em silêncio por tanto tempo, essa boa mulher que se recusa a acreditar que é boa, pois só os bons duvidam de sua bondade, o que é exatamente aquilo que, antes de tudo, os torna bons. Os maus sabem que eles são bons, mas os bons não sabem de nada. Passam a vida perdoando os outros, mas não conseguem perdoar a si mesmos.

O velho se levanta e, alguns segundos depois, volta com o relógio, um relógio de pulso antiquado, com uma tampa de metal que protege o vidro. Pertenceu à sua esposa, diz a Noriko, e ele quer que a nora fique com o relógio. Aceite, por ela, diz o velho. Tenho certeza de que ela ficaria contente.

Comovida com o gesto, Noriko agradece, enquanto as lágrimas continuam a rolar por suas faces. O velho a observa com um olhar pensativo, mas esses pensamentos são impenetráveis para nós. Pois todas as emoções dele estão ocultas detrás de uma máscara de neutralidade sombria. Enquanto observa Noriko chorar, ele então faz uma declaração simples, pronuncia suas palavras de um modo tão direto, tão desprovido de sentimentalismo, que faz a moça vir abaixo, num novo ataque de soluços — soluços longos e lancinantes, um lamento de angústia tão fundo e doloroso que é como se aquilo que ela tem de mais profundo em sua pessoa se rompesse e abrisse.

Quero que você seja feliz, diz o velho.

Uma frase curta, e Noriko se desmancha, esmagada pelo peso da sua própria vida. *Eu quero ser feliz*. Enquanto ela continua chorando, o sogro faz mais um comentário, antes de a cena terminar. É estranho, diz ele, quase sem acreditar. Nós tivemos filhos nossos, mas foi você quem fez mais por nós.

Corta para a escola. Ouvimos crianças cantando e, um instante depois, estamos na sala de aula da filha. O som de um trem é ouvido ao longe. A jovem olha para o relógio de pulso e então vai até a janela. Um trem passa rugindo: o expresso da tarde, que leva a sua cunhada querida de volta para Tóquio.

Corta para o trem — e para o barulho trovejante das rodas que atacam os trilhos. Somos impelidos rumo ao futuro.

Alguns momentos depois disso, estamos dentro de um dos vagões. Noriko está sentada sozinha, olha para o vazio com um ar inexpressivo, sua mente longe dali. Passam-se vários momentos, e então ela ergue o relógio da sogra, que está no seu colo. Abre a tampa de metal, e subitamente ouvimos o estalo do ponteiro de segundos que avança no mostrador. Noriko continua a examinar o relógio, a expressão em seu rosto ao mesmo tempo triste e contemplativa, e, quando olhamos para ela com o relógio na palma da mão, sentimos que estamos olhando para o tempo em si mesmo, o tempo que avança ligeiro, enquanto o trem também avança ligeiro e nos empurra para a frente, para dentro da vida, e de mais vida, mas também para o tempo passado, o passado da sogra morta, o passado de Noriko, o passado que vive no presente, o passado que levamos conosco para o futuro.

O apito estridente de um trem ressoa em nossos ouvidos, um barulho cruel e pungente. *A vida é frustrante, não é?*

Eu quero ser feliz.

E então a cena termina abruptamente.

Viúvas. Mulheres que moram sozinhas. Uma imagem de Noriko soluçando em minha cabeça. Impossível não pensar na minha irmã, agora — e na sua falta de sorte ao se casar com um homem que morreu cedo. Isso está fermentando dentro de mim desde que comecei a pensar na minha guerra civil: o fato de que na minha própria vida eu fui poupado de todos os assuntos militares. Um acaso no nascimento, o lance de sorte de entrar no mundo em 1935, o que fez de mim alguém jovem demais para a Coréia e velho demais para o Vietnã, e depois o outro lance de sorte de ter sido rejeitado pelo exército quando fui prestar o serviço militar em 1957. Disseram que eu tinha um sopro no coração, o que veio a se constatar que não era verdade, e me classificaram como 4-F.

Nenhuma guerra, portanto, mas, na ocasião em que cheguei mais perto de algo que parecia uma guerra, calhou de eu estar com Betty e seu segundo marido, Gilbert Ross. Era o ano de 1967, exatamente quarenta anos antes deste verão, e nós três estávamos jantando juntos no Upper East Side, avenida Lexington, acho, rua 66 ou 67, num restaurante chinês, desaparecido há muito tempo, chamado Sun Luck. Sonia fora para a França para visitar os pais nos arredores de Lyon, juntamente com Miriam, que tinha sete anos de idade. Era para eu ir me encontrar com ela mais tarde, mas por enquanto eu continuava metido no nosso apartamento, uma verdadeira caixa de sapato, perto da Riverside Drive, suando a camisa para escrever um artigo comprido para a *Harper's* sobre a poesia e a ficção americanas recentes inspiradas na Guerra do Vietnã — sem ar refrigerado, só um ventilador de plástico barato, eu rabiscava à mão e datilografava só de cuecas, enquanto meus poros esguichavam suor, em mais um ataque de calor de Nova York. O dinheiro andava curto para nós na época, mas Betty era sete anos mais velha que eu e vivia de modo confortável, como dizem, e assim estava em condições de convidar o irmão mais novo para jantar de vez em quando. Depois de um primeiro casamento ruim que durou demais, ela havia se casado com Gil, uns três anos antes. Uma escolha sensata, eu achava — ou ao menos era o que parecia na ocasião. Gil ganhava a vida como advogado trabalhista e mediador de greves, mas também participava do governo de Newark como consultor jurídico da prefeitura em meados da década de 60, e, quando ele e minha irmã vieram a Nova York naquela noite, quarenta anos atrás, ele dirigia um carro da prefeitura, equipado com um aparelho de rádio de intercomunicação. Não consigo lembrar nada sobre o jantar em si, mas, quando voltamos para o carro e Gil ligou o motor para me levar para casa, vozes frenéticas começaram a jorrar do rádio — chamados para a polícia, suponho, informando que o Distrito Central de

Newark estava um caos. Sem se dar o trabalho de ir para a parte alta da cidade e me deixar em casa, Gil seguiu direto para o túnel Lincoln, e foi assim que presenciei uma das piores revoltas raciais da história dos Estados Unidos. Mais de vinte mortos, mais de setecentos feridos, mais de mil e quinhentos presos, mais de dez milhões de dólares em prejuízos materiais. Lembro-me dessas cifras porque, quando Katya estava no ensino médio, há alguns anos, ela escreveu um trabalho acerca de racismo para a aula de história dos Estados Unidos e me entrevistou sobre a revolta. É estranho que essas cifras tenham ficado gravadas, mas agora, com tantas outras coisas me escapando, eu me aferro a elas como uma prova de que não estou totalmente acabado.

Ir para Newark de carro naquela noite foi o mesmo que entrar num dos círculos mais baixos do inferno. Prédios em chamas, hordas de homens correndo desvairadamente pelas ruas, o barulho de vidros espatifados enquanto as vitrines das lojas eram quebradas, uma depois da outra, o som de sirenes, o som de tiros. Gil dirigiu o carro até a prefeitura, e, quando nós três estávamos dentro do prédio, fomos direto para o gabinete do prefeito. Sentado à sua mesa, estava Hugh Addonizio, um homem careca, corpulento, em forma de pêra, com cinqüenta e poucos anos, ex-herói de guerra, deputado seis vezes, em seu segundo mandato de prefeito, e o grandalhão estava completamente perdido, sentado à sua mesa com lágrimas escorrendo pelo rosto. O que vou fazer?, disse ele, erguendo os olhos para Gil. Que diabo eu vou fazer?

Um retrato indelével, perfeitamente nítido depois de todos esses anos: a visão daquela figura patética paralisada pela pressão dos acontecimentos, um homem enrijecido pelo desespero, ao passo que a cidade ia pelos ares à sua volta. Enquanto isso, Gil cuidava calmamente de suas tarefas. Telefonou para o governador em Trenton, telefonou para o chefe de polícia, fez o melhor que pôde para tomar pé na situação. A certa altura, ele e eu saímos do gabinete e descemos para a cadeia, no térreo do prédio. As celas estavam atulhadas de presos, todos negros, e ao menos metade deles com as roupas rasgadas, sangue escorrendo da cabeça, rostos inchados. Não era difícil adivinhar o que havia causado aqueles ferimentos, mas Gil mesmo assim perguntou. Um por um, a resposta nunca variava: todos foram espancados pelos guardas.

Não passou muito tempo, e voltamos para o gabinete do prefeito, entrou um membro da polícia de Nova Jersey, um certo coronel Brand ou Brandt, um homem de cerca de quarenta anos, com um corte de cabelo bem curto, à navalha, queixo quadrado, dentes cerrados, e os olhos duros de um fuzileiro prestes a embarcar para uma missão de choque. Apertou a mão de Addonizio, sentou-se numa cadeira e depois proferiu estas palavras: A gente vai fazer picadinho de todos os pretos sacanas desta cidade. Provavelmente eu não deveria ficar chocado, mas fiquei. Não pela afirmação, talvez, mas pelo desprezo de arrepiar que havia na voz dele. Gil lhe disse que não usasse aquele tipo de linguagem, mas o coronel se limitou a dar um suspiro e balançou a cabeça, desdenhando o comentário do meu cunhado como se o considerasse um tolo ignorante.

Essa foi a minha guerra. Não uma guerra de verdade, talvez, mas, uma vez que a gente testemunha a violência nessa escala, não é difícil imaginar algo pior, e, uma vez que a nossa mente é capaz de fazer isso, a gente entende que as piores possibilidades da imaginação são o país onde a gente vive. É só pensar, e isso tem toda a chance de acontecer.

Naquele outono, quando Gil foi colocado na posição insustentável de ter de defender a prefeitura de Newark em montanhas de processos abertos na justiça por lojistas cujos estabelecimentos foram destruídos na revolta, ele renunciou ao seu cargo e nunca mais trabalhou para o governo. Quinze anos depois, dois meses antes de completar cinqüenta e três anos, ele morreu.

Quero pensar em Betty, mas, para fazer isso, tenho de pensar em Gil, e, para pensar em Gil, tenho de voltar ao início. Contudo, até que ponto eu sei o que houve? Não sei grande coisa, afinal, nada mais que uns poucos fatos pertinentes, pescados em histórias que ele e Betty me contaram. O mais velho dos três filhos de um dono de botequim de Newark, que supostamente poderia se fazer passar por um dublê de Babe Ruth. A certa altura, Dutch Schultz passou a perna no pai de Gil e roubou seu negócio, como ou por que eu não sei dizer, e alguns anos depois disso seu pai morreu de repente de um ataque do coração. Gil tinha onze anos na época, e, como o pai faliu, a única coisa que ele herdou foi a pressão alta crônica e a doença cardíaca — diagnosticada primeiramente aos dezoito anos e que depois se desabrochou plenamente numa trombose quando ele tinha apenas trinta e quatro anos, seguida por outra crise passados dois anos. Gil era um homem alto, forte, mas passou a vida inteira com uma sentença de morte circulando nas veias.

Sua mãe se casou de novo quando ele tinha treze anos, e, embora o padrasto não fizesse nenhuma objeção a criar os dois filhos menores, não queria nem saber de Gil e o pôs para fora de casa — com o consentimento da mãe. É a coisa mais inimaginável: ser banido pela própria mãe e enviado para morar com parentes na Flórida pelo resto da infância.

Depois do ensino médio, ele voltou para o norte e começou a faculdade na universidade de Nova York, curto de grana, obrigado a trabalhar em diversos empregos de meio período para poder viver. Certa vez, quando se pôs a recordar como sua vida era dura naquele tempo, ele contou que costumava ir ao Ratner, a velha leiteria judaica em Lower East Side, sentava-se a uma das mesas e dizia ao garçom que estava esperando a namorada que ia aparecer a qualquer minuto. Um dos principais atrativos do lugar era o famoso pãozinho do Ratner. Na hora que a gente sentava, um garçom logo se aproximava e punha na mesa, na nossa frente, uma cestinha com aqueles pãezinhos, acompanhados por um generoso suprimento de manteiga. Um pãozinho atrás do outro, passados na manteiga, Gil ia comendo a cesta inteira, e olhava para o relógio no pulso de vez em quando, fingia estar preocupado com o atraso da namorada inexistente. Quando a cestinha se esvaziava, era automaticamente substituída por outra, e em seguida por uma terceira. Enfim, ficava claro que a namorada não ia mais aparecer, e Gil saía do restaurante com uma expressão frustrada no rosto. Depois de um tempo, os garçons perceberam seu truque, mas não antes de Gil ter alcançado o recorde pessoal de vinte e sete pãezinhos consumidos numa só espera.

Faculdade de direito, seguida por um início profissional muito bem-sucedido e um envolvimento crescente com o Partido Democrata. Um liberalismo idealista, de esquerda, o apoio a Stevenson na disputa para a indicação do candidato presidencial em 1960, a presença na comitiva de Eleanor Roosevelt na convenção em Atlantic City e, depois, uma foto de Gil (foto que ficou comigo desde que Betty morreu) apertando a mão de John F. Kennedy numa visita a Newark em 1962 ou 1963, quando Kennedy lhe disse: Ouvimos falar muito bem de você. Mas tudo isso azedou após a calamidade de Newark, e, quando Gil abandonou a política, ele e Betty fizeram as malas e se mudaram para a Califórnia. Não os vi muitas vezes depois disso, mas, durante os seis ou sete anos seguintes, entendi que tudo andava calmo. Gil prosperou na sua atividade de advogado, minha irmã abriu uma loja em Laguna Beach (utensílios de cozinha, roupa de cama e de mesa, moedores e aparelhos domésticos de primeira qualidade), e, embora Gil tivesse de engolir mais de vinte pílulas por dia para se manter vivo, toda vez que vinham para leste para fazer visitas de família, ele parecia em boa forma. Então sua saúde deu uma guinada. Em meados da década de 70, uma série de paradas cardíacas e outras fraquezas acabaram com qualquer possibilidade de ele trabalhar.

Eu lhes mandava tudo o que podia, sempre que podia, e, enquanto Betty trabalhava em tempo integral para sustentar a casa, Gil agora passava a maior parte dos dias sozinho, em casa, lendo livros. Minha irmã mais velha e seu marido agonizante, a quase cinco mil quilômetros de mim. Durante aqueles últimos anos, Betty me contou, Gil colocava bilhetinhos de amor nas gavetas da escrivaninha dela, escondia os bilhetinhos no meio dos sutiãs, combinações e calcinhas, e toda manhã, quando ela acordava e se vestia, achava mais um bilhetinho de amor declarando que ela era a mulher mais fantástica do mundo. Nada mau, afinal. Em vista do que eles tinham de encarar, nada mau mesmo.

Não quero pensar no fim: o câncer, a estada final no hospital, a obscena luz do sol que se derramava sobre o cemitério na manhã do enterro. Eu já escavei a memória o suficiente, mas mesmo assim não posso abandonar esse tema sem recordar um último pormenor, uma última e feia reviravolta. Na ocasião em que Gil morreu, Betty andava tão endividada que pagar um enterro era uma verdadeira ruína. Eu estava disposto a ajudar, mas ela já me pedira dinheiro tantas vezes que não teve coragem de fazer isso de novo. Em vez de procurar a mim, foi falar com a sogra, a mulher infame que permitira que Gil fosse jogado para fora de casa quando era criança. Não consigo lembrar seu nome (provavelmente porque eu a desprezava muito), mas por volta de 1980 ela se casou com o terceiro marido, um homem de negócios aposentado que era imensamente rico. Quanto ao marido número dois, não sei se sua partida foi causada pela morte ou pelo divórcio — mas não importa. O marido rico número três possuía um grande jazigo familiar num cemitério em algum lugar no sul da Flórida, e minha irmã conseguiu convencê-lo a deixar que Gil fosse enterrado ali. Menos de um ano depois disso, o marido número três morreu, e uma enorme guerra de herança, balzaquiana, estourou entre os filhos dele e a mãe de Gil. Os filhos levaram a questão à justiça, ganharam a causa e, para que ela saísse do processo com pelo menos algum dinheiro, uma das condições era remover os restos mortais de Gil do jazigo da família. Imagine só. A mulher expulsa o filho de casa quando ele é criança e depois, em troca de um saco de moedas de prata, expulsa-o da sua sepultura, já morto. Quando Betty ligou para me contar o que havia acontecido, ela soluçava. Agüentara firme a morte de Gil, com uma espécie de graça estóica, soturna, mas isso agora foi demais para ela, e Betty perdeu o controle completamente e chegou ao fundo do poço. Quando Gil foi exumado e enterrado outra vez, ela já não era a mesma pessoa.

Durou mais quatro anos. Morando sozinha num apartamento pequeno no subúrbio de Nova Jersey, ela engordou, depois ficou muito gorda, pouco depois teve diabetes, entupimento de artérias, um grosso dossiê de enfermidades variadas. Ela segurou minha mão quando Oona me deixou e o nosso catastrófico casamento de cinco anos terminou, aplaudiu quando Sonia e eu voltamos a viver juntos, via o filho toda vez que ele e a esposa vinham de Chicago, comparecia às festas de família, assistia televisão de manhã até a noite, ainda conseguia contar uma piada decente quando estava com vontade, e se tornou a pessoa mais triste que eu jamais conheci. Uma manhã, na primavera de 1987, sua empregada me telefonou num estado de quase-histeria. Tinha acabado de entrar no apartamento de Betty, usando a chave que recebera para a limpeza semanal, e encontrou minha irmã deitada na cama. Peguei emprestado o carro do vizinho, dirigi até Nova Jersey e identifiquei o corpo para a polícia. O choque de ver Betty daquele jeito: tão imóvel, tão longe, tão terrivelmente, terrivelmente morta. Quando me perguntaram se eu queria que o hospital fizesse uma autópsia, respondi que não precisava. Só havia duas possibilidades. Ou seu corpo tinha parado de funcionar, ou Betty tinha tomado pílulas, e eu não queria saber a resposta, pois nenhuma das duas coisas contaria a história verdadeira. Betty morreu porque estava com o coração partido. Algumas pessoas riem quando escutam essa frase, mas isso é porque elas não conhecem nada do mundo. Pessoas morrem porque estão com o coração partido. Acontece todo dia e vai continuar a acontecer, até o fim dos tempos.

Não, eu não esqueci. A tosse me enviou rodopiando para outra zona, mas estou de volta agora, e Brick ainda está comigo. Na saúde ou na doença, na tempestade ou na bonança, apesar dessa melancólica digressão pelo passado, mas como impedir que a mente divague toda vez que ela quer? A mente tem a sua própria mente. Quem disse isso? Alguém, ou fui eu mesmo que pensei, não que isso faça alguma diferença. Cunhar frases no meio da noite, criar histórias no meio da noite — estamos avançando, meus amigos, e, por mais agonizante que seja esta barafunda, há poesia nela também, contanto que a gente consiga achar as palavras que a exprimam, supondo que tais palavras existam. Sim, Miriam, a vida é frustrante. Mas eu também quero que você seja feliz.

Não fiquem chateados. Eu fico rodando sem sair do lugar porque posso ver a história tomando qualquer uma das muitas direções possíveis, e ainda não resolvi que caminho seguir. Com esperança ou sem esperança? As duas opções são viáveis, e, no entanto, nenhuma delas me satisfaz plenamente. Haverá um caminho intermediário, depois de um início como esse, depois de jogar Brick aos lobos e deixar em pandarecos a cabeça do pobre coitado? Provavelmente não. Então, pense de modo sombrio e mergulhe de cabeça, tente ver lá no fundo, o final.

A injeção já foi dada. Brick cai numa inconsciência negra e sem fundo, e, horas depois, abre os olhos e descobre que está na cama com Flora. É de manhã cedo, sete e meia ou oito horas, e, quando Brick olha para as costas nuas da esposa adormecida, pergunta-se se ele não tinha razão o tempo todo, se o tempo que passou em Wellington não era parte de um sonho ruim, nauseantemente real. Mas então, quando vira a cabeça no travesseiro, sente o curativo de Virginia pressionando sua bochecha e, quando passa a língua na ponta partida do incisivo, não tem escolha senão encarar os fatos: ele esteve lá, e tudo o que lhe aconteceu naquele lugar foi real. Agora, o único e improvável fio que ele tem para se agarrar é este: e se os dois dias que se passaram em Wellington foram só um piscar de olhos neste mundo? E se Flora nunca soube que ele esteve fora de casa? Isso resolveria o problema de ter de explicar para onde ele foi, pois Brick sabe que a verdade será difícil de engolir, sobretudo para uma mulher ciumenta como Flora, e, contudo, mesmo que a verdade venha a ter toda a aparência de uma mentira, ele não tem a força ou a vontade de elaborar uma história que parecesse mais plausível, algo que apaziguasse as suspeitas dela e a levasse a entender que sua ausência de dois dias nada tem a ver com outra mulher.

Infelizmente para Brick, os relógios nos dois mundos marcam a mesma hora. Flora sabe que ele andou sumido, e, quando se vira na cama e inadvertidamente toca o seu corpo, ela acorda na mesma hora. As angústias de Brick são interrompidas pela alegria que dispara nos olhos castanhos e intensos de Flora, e de repente ele sente vergonha de si mesmo, mortificado por ter posto em dúvida o amor dela por ele.

Owen?, pergunta ela, como se nem se atrevesse a acreditar no que aconteceu. É você mesmo?

Sim, Flora, diz ele. Voltei.

Ela joga os braços em torno dele, aperta-o bem firme contra sua pele lisa e nua. Eu já estava para *enlouquecer*, diz, enrolando o erre com um enfático gorjeio da língua. Minha cabeça já ia *enlouquecer*. Então, quando ela vê o curativo e o machucado nos lábios de Brick, sua expressão muda para a de alarme. Que aconteceu?, pergunta. Você foi espancado, meu doce.

Ele demora cerca de uma hora para fazer um relato completo da sua viagem misteriosa aos outros Estados Unidos. A única coisa que omite é o comentário de Virginia de que queria deixar Brick doido por ela e trepar com ele até explodir, mas esse é um detalhe sem importância, e ele não vê motivo para deixar Flora mordida de ciúme por coisas que têm muito pouco a ver com a história toda. A parte mais desanimadora vem no final, quando ele tenta recapitular a conversa com Frisk. Na ocasião, aquilo mal fazia sentido para ele, mas, agora que voltou para casa, está sentado na cozinha e toma café com a esposa, toda aquela conversa sobre realidades múltiplas e mundos múltiplos sonhados e imaginados por outras mentes lhe parece o maior papo furado. Ele balança a cabeça, como que pedindo desculpas por fazer aquele papelão. Mas a injeção foi de verdade, diz. E a ordem de dar um tiro em August Brill foi de verdade. E, se não cumprisse a missão, ele e Flora estariam em constante perigo.

Até então, Flora escutara em silêncio, vendo com paciência o marido contar sua história ridícula e absurda, que ela classifica como o maior monte de mentiras jamais erguido por mãos humanas. Em circunstâncias normais, teria voado para um de seus ataques de raiva e acusado Brick de querer enrolá-la, mas essas não são circunstâncias normais, e Flora, que conhece todos os defeitos de Brick, que o criticou inúmeras vezes durante os três anos de casamento, nem uma só vez o chamou de mentiroso, e, em face do absurdo que acabou de ouvir, ela se vê perplexa, sem palavras.

Sei que parece incrível, diz Brick. Mas é tudo verdade, cada palavra.

E espera que eu acredite em você, Owen?

Eu mesmo mal consigo acreditar. Mas tudo aconteceu, Flora, exatamente como lhe contei.

Você acha que sou imbecil?

Do que está falando?

Ou você acha que sou imbecil ou você ficou maluco.

Não acho que você é imbecil, nem fiquei maluco.

Você parece até um daqueles birutas. Sabe, um daqueles caras que dizem que foram abduzidos por um disco voador. Diga, como é que são os marcianos, Owen? Eles têm uma grande espaçonave?

Pare com isso, Flora. Não tem graça.

Graça? Quem é que quer bancar o engraçado aqui? Eu só quero saber por onde você andou.

Eu já lhe disse. Não pense que não fiquei tentado a inventar uma história diferente. Alguma bobagem sobre ter sido espancado e ter perdido a memória durante dois dias. Ou ter sido atropelado por um carro. Ou ter caído de uma escada no metrô. Alguma babaquice feito essas. Mas resolvi lhe contar a verdade.

Pode ter sido isso mesmo. Afinal, bateram em você. Vai ver ficou estirado num beco durante dois dias e sonhou toda essa história.

Então por que eu teria isto no braço? Uma enfermeira colocou isto aqui depois que me deram a injeção. É a última coisa de que me lembro, antes de abrir os olhos esta manhã.

Brick arregaça a manga esquerda, aponta para um pequeno curativo cor-de-carne no braço e o arranca com a mão direita. Olhe, diz ele. Está vendo esta casquinha? É o lugar onde a agulha entrou na minha pele.

Isso não quer dizer nada, retruca Flora, rejeitando a única prova concreta que Brick pode oferecer. Há um milhão de outros motivos possíveis para você ter essa casquinha aí.

Certo. Mas o fato é que só aconteceu de um jeito, o jeito como eu contei. A agulha de Frisk.

Muito bem, Owen, diz Flora, tentando não perder a cabeça, talvez agora a gente devesse parar de conversar sobre isso. Você está em casa. É a única coisa que me interessa. Meu Deus, docinho, você nem imagina o que eu passei nesses dois dias. Fiquei doida, quero dizer, cem por cento doida. Pensei que você tinha morrido. Pensei que tinha me deixado. Pensei que estava com outra garota. E agora você está de volta. É como um milagre, e, se quer saber a verdade, nem me importa o que aconteceu. Você sumiu, e agora está de volta. Fim da história, certo?

Não, Flora, não está certo. Eu voltei, mas a história não terminou. Tenho de ir a Vermont e matar Brill. Não sei quanto tempo eu tenho, mas também não posso ficar parado e esperar muito. Se eu não fizer isso, eles vão vir atrás de nós dois. Uma bala para você e uma bala para mim. Foi o que Frisk disse, e ele não estava brincando.

Brill, resmunga Flora, pronunciando o nome como se fosse um insulto num idioma estrangeiro. Aposto que ele nem existe.

Vi o retrato dele, lembra?

Um retrato não prova nada.

Foi exatamente o que eu disse quando Frisk me mostrou a foto.

Bem, há um jeito de descobrir, não é? Se ele é um tipo de escritor fodão, tem de estar na internet. Vamos ligar meu computador e procurar esse sujeito.

Frisk disse que ele ganhou um prêmio Pulitzer faz uns vinte anos. Se o nome dele não estiver na lista, então estamos livres. Se estiver, então tome cuidado, Florinha. A gente vai se meter numa tremenda encrenca.

Vai nada, Owen. Pode acreditar. Brill não existe, portanto o nome dele não pode estar lá.

Mas está lá. August Brill, vencedor do prêmio Pulitzer de 1984, na categoria de crítica. Procuram mais, e em poucos minutos reuniram vastas informações, inclusive dados biográficos de *Quem é quem nos Estados Unidos* (nasceu em Nova York, 1935; casou-se com Sonia Weil, 1957, divorciou-se em 1975; casou-se com Oona McNally, 1976, divorciou-se em 1981; filha, Miriam, nasceu em 1960; bacharel na universidade de Colúmbia, 1957; doutor honorário no Williams College e no Pratt Institute; membro da Academia Americana de Artes e Ciências; autor de mais de mil e quinhentos artigos, resenhas e colunas para revistas e jornais; editor de livros do *Boston Globe*, 1972-91), um site na internet apresentava mais de quatrocentos artigos de autoria dele, escritos entre 1962 e 2003, bem como uma porção de fotos de Brill aos trinta, quarenta e cinqüenta anos de idade, sem deixar a menor dúvida de que se tratava de versões mais jovens do velho numa cadeira de rodas em frente a uma casa de tábuas em Vermont.

Brick e Flora estão sentados lado a lado diante de uma escrivaninha no quarto, os olhos fixos na tela em frente, assustados demais para olhar um para o outro enquanto vêem suas esperanças virarem pó. Por fim, Flora desliga o laptop, e diz em voz baixa e trêmula: Acho que eu estava errada, não é?

Brick se levanta e começa a andar pelo quarto. Agora você acredita em mim?, pergunta. Esse tal de Brill, esse maldito August Brill... eu nunca tinha ouvido falar dele até ontem. Como é que eu poderia imaginar? Não sou esperto a ponto de conseguir inventar sequer metade das coisas que contei para você, Flora. Sou só um sujeito que faz uns truques de mágica para os pirralhos. Não leio livros, não sei nada sobre críticos de livros e não me interesso por política. Não me pergunte como, mas acabei de chegar de um lugar que está no meio de uma guerra civil. E agora tenho de matar um homem.

Senta na beirada da cama, esmagado pela ferocidade da sua situação, pela clamorosa injustiça do que lhe aconteceu. Ao ver Brick com olhos preocupados, Flora atravessa o quarto e senta a seu lado. Põe os braços em torno do marido, recosta a cabeça no ombro dele e diz: Você não vai matar ninguém.

Eu tenho de fazer isso, responde Brick, olhando fixo para o chão.

Não sei o que pensar ou o que não pensar, Owen, mas agora eu estou lhe dizendo que você não vai matar ninguém. Você vai deixar esse homem em paz.

Não posso.

Por que acha que me casei com você? Porque é uma pessoa gentil, meu amor, uma pessoa honesta. Não me casei com um assassino. Eu me casei com você, meu doce Owen Brick, e não vou ficar parada e deixar que você mate alguém e passe o resto da vida na cadeia.

Não estou dizendo que quero fazer isso. Acontece que não tenho escolha.

Não fale desse jeito. Todo mundo tem uma escolha. Além do mais, o que leva você a pensar que vai conseguir fazer isso? Por acaso consegue se imaginar entrando na casa de um homem, apontando uma arma para a cabeça dele e matando-o a sangue frio? Nem em cem anos, Owen. Você não é o tipo de gente capaz de fazer uma coisa dessas. Graças a Deus.

Brick sabe que Flora tem razão. Jamais poderia matar um estranho inocente, nem mesmo se a sua vida dependesse disso — o que é o caso. Solta um suspiro comprido e trêmulo, depois passa a mão no cabelo de Flora e diz: Então, o que eu tenho de fazer?

Nada.

Como assim, *nada*?

Vamos começar a viver de novo. Você faz o seu trabalho, eu faço o meu. A gente come e dorme e paga as contas. A gente lava a louça e passa o aspirador no chão. Vamos ter um filho. Você dá banho em mim e passa xampu no meu cabelo. Eu coço as suas costas. Você aprende novos truques de mágica. A gente visita os seus pais e ouve sua mãe reclamar da saúde. Vamos em frente, meu bem, levando a nossa vidinha. É disso que estou falando. Nada.

Passa-se um mês. Na primeira semana após o regresso de Brick, Flora não menstrua, e um teste de gravidez caseiro traz a notícia de que, se tudo correr bem, eles vão ter um filho no mês de janeiro. Comemoram o resultado positivo do teste indo a um restaurante da moda em Manhattan cujo preço vai muito além do orçamento deles, tomam uma garrafa de champanhe francês inteira, antes de fazerem os pedidos, e depois se entopem com um prato de carne gargantuesco, para dois, que Flora diz estar quase tão bom quanto a carne na Argentina. No dia seguinte, na segunda visita ao dentista, é colocada uma coroa no incisivo esquerdo de Brick, e ele retoma a carreira de Grande Zavello. Rodando a cidade no seu Mazda amarelo, já bem ferrado, ele enverga a capa de mágico e se apresenta para platéias em escolas primárias, asilos de idosos, centros comunitários e festas particulares, tira pombos e coelhos da cartola, faz desaparecer echarpes de seda, apanha ovos no ar, e transforma jornais velhos em buquês coloridos de amores-perfeitos, rosas e tulipas. Flora, que dois anos antes deixara seu emprego de fornecedora de salgadinhos e agora trabalhava de recepcionista no consultório de um médico na avenida Park, pede um aumento de vinte dólares ao patrão e ele recusa. Ela explode num ataque de orgulho ferido e sai do prédio revoltada, mas, à noite, quando conta a Brick o que aconteceu, ele a convence a voltar na manhã seguinte e pedir desculpas ao dr. Sontag, o que ela faz, e, como o médico não quer perder uma empregada tão competente e trabalhadora, lhe dá um aumento de dez dólares no salário, o que era tudo o que ela desejava no início. O dinheiro, contudo, é sempre uma questão, e agora, com uma criança para chegar, Brick e Flora se perguntam se terão condições de alimentar uma terceira boca com o que estão ganhando agora. Numa sombria tarde de domingo, já no fim do mês, chegam a discutir sobre a possibilidade de Brick ir trabalhar para o seu primo Ralph, que tem uma grande firma imobiliária em Park Slope. A mágica seria uma atividade para as horas livres, pouco mais que um passatempo para os dias de folga, e Brick reluta em dar um passo tão drástico, jura que vai arranjar uns clientes que paguem melhor e que lhes darão a pausa para respirar de que estão precisando. Enquanto isso, Brick não esqueceu sua visita aos outros Estados Unidos. Wellington ainda está queimando dentro dele, e não se passa nem um dia sem que ele pense em Tobak, em Molly Wald, em Duke Rothstein, em Frisk e, de modo mais perturbador, em Virginia Blaine. Não consegue evitar. Flora tem sido muito mais afetuosa desde o seu regresso, transformou-se na companheira amorosa que ele sempre desejou, e, embora não exista a menor dúvida de que Brick corresponde ao amor dela, Virginia está sempre presente, à espreita num canto da mente dele, colocando o curativo com delicadeza no seu rosto e lhe dizendo como queria ir para a cama com ele. A título de compensação, talvez, ele começa a ler na internet as antigas resenhas de Brill — sempre em segredo, é claro, pois não quer que Flora saiba que ainda pensa no homem que o instruíram a matar — e, toda vez que depara com um artigo sobre um livro que parece interessante, vai conferir na biblioteca. Antes, passava as noites vendo televisão com Flora no sofá da sala. Agora fica deitado na cama e lê livros. Por enquanto, suas descobertas mais importantes foram Tchekhov, Calvino e Camus.

Desse modo, Brick e Flora avançam de vento em popa no seu nada conjugal, a vidinha para a qual ela o atraiu de volta, com o bom senso de uma mulher que não acredita em outros mundos, que sabe que só existe este mundo e que rotinas entorpecedoras, breves discussões e preocupações financeiras são parte essencial disso, que, apesar das dores, do tédio e das frustrações, viver neste mundo é o mais próximo do paraíso que vamos chegar. Depois das horas horríveis que passou em Wellington, Brick também só quer saber disso, da rotina confusa de Nova York, do corpo nu da sua pequena Floratina, do seu trabalho como Grande Zavello, do seu futuro filho, que crescia invisível enquanto os dias passavam, e, contudo, bem no fundo, ele sabe que foi contaminado pela visita ao outro mundo e que cedo ou tarde tudo chegará ao fim. Pensa na possibilidade de ir até Vermont e conversar com Brill. Seria possível convencer o velho a parar de pensar naquela história toda? Tenta imaginar a conversa, tenta encontrar as palavras que iria usar para apresentar suas razões, mas o que vê é sempre Brill rindo da cara dele, a risada incrédula do homem que o toma por um imbecil, um deficiente mental, e que logo o joga no meio da rua. Assim, Brick não faz nada e, exatamente um mês depois de regressar de Wellington, no fim da tarde do dia 21 de maio, quando ele senta na sala com Flora e exibe um novo truque com cartas de baralho à esposa, que ri, alguém bate na porta. Sem sequer ter de pensar, Brick já sabe o que aconteceu. Diz a Flora que não abra a porta, que fuja para o quarto e desça pela escada de incêndio o mais depressa que puder, mas a obstinada e independente Flora, sem noção do tamanho da encrenca em que estão metidos, não dá bola para suas instruções alarmadas e faz exatamente aquilo que ele lhe diz que não faça. Pula do sofá antes que o marido tenha chance de agarrar o braço dela, vai dançando até a porta, com uma pirueta zombadora, e abre de um só puxão. Dois homens estão na soleira, Lou Frisk e Duke Rothstein, e, como cada um segura um revólver e aponta para Flora, Brick não se mexe no sofá. Teoricamente, ele ainda pode tentar escapar, mas, no instante em que se levantar, a mãe do seu filho será morta.

Quem são vocês?, pergunta Flora, com voz zangada, estridente.

Sente junto do seu marido, retruca Frisk, brandindo a arma na direção do sofá. Temos negócios para tratar com ele.

Voltando-se para Brick com uma expressão aflita no rosto, Flora pergunta: O que está acontecendo, meu bem?

Venha cá, responde Brick, dando palmadinhas no sofá com a mão direita. Esses caras não são de brincadeira, e a gente tem de fazer o que eles dizem.

Desta vez, Flora não resiste e, enquanto os dois homens entram no apartamento e fecham a porta, ela vai até o sofá e senta ao lado do marido.

Esses são meus amigos, Brick diz a ela. Duke Rothstein e Lou Frisk. Lembra que falei sobre eles? Pois bem, aí estão.

Jesus Cristo, sussurra Flora, agora morta de medo.

Frisk e Rothstein se acomodam em duas cadeiras em frente ao sofá. As cartas usadas para mostrar o truque novo ficam espalhadas na superfície da mesinha de café diante deles. Pegando uma das cartas e virando-a, Frisk diz: Estou contente de ver que se lembra da gente, Owen. Estávamos começando a ter nossas dúvidas.

Não se preocupe, diz Brick. Nunca esqueço um rosto.

Como vai o dente?, pergunta Rothstein, e abre o que parece um misto de careta e sorriso.

Muito melhor, obrigado, responde Brick. Fui ao dentista, e ele pôs uma coroa.

Desculpe por ter batido tão forte. Mas ordens são ordens, e eu tinha de fazer o meu trabalho. A tática do medo. Acho que não funcionou tão bem assim, não é?

Já teve uma arma apontada contra você?, pergunta Frisk.

Acredite ou não, diz Brick, esta é a primeira vez.

Você parece estar suportando muito bem.

Já ensaiei tantas vezes em pensamento que tenho a sensação de que já aconteceu.

O que significa que estava à nossa espera.

Claro que estava à espera de vocês. A única surpresa é não terem aparecido mais cedo.

A gente achou melhor lhe dar um mês. É uma missão muito difícil, e pareceu justo dar um tempo para você tomar coragem. Mas o mês agora acabou, e ainda não vimos nenhum resultado. Quer se explicar?

Não posso fazer o que vocês querem. É só isso. Simplesmente não posso fazer o que vocês querem.

Enquanto você fica de papo para o ar em Jackson Heights, a guerra vai de mal a pior. Os federais lançaram uma ofensiva de primavera, e quase todas as cidades da Costa Leste estão sendo atacadas. Operação Unidade, é assim que chamam. Um milhão e meio de mortos, enquanto você fica aqui à toa, em conflito com a sua consciência. As Cidades Gêmeas foram invadidas há três semanas, e metade do Minnesota está de novo sob o controle dos federais. Grande parte de Idaho, Wyoming e Nebraska se transformou em campos de prisioneiros. Preciso continuar?

Não, não, eu já entendi.

Você tem de fazer isso, Brick.

Desculpe. Simplesmente não posso.

Lembra-se das conseqüências, não?

Não é por isso que estão aqui?

Ainda não. Estamos dando um prazo para você. Uma semana a partir de hoje. Se Brill não for eliminado até a meia-noite do dia 28, Duke e eu vamos voltar, e dessa vez nossas armas estarão carregadas. Ouviu bem, cabo? Uma semana, a contar de hoje, senão você e sua esposa vão morrer por nada.

Não sei que horas são. Os ponteiros do despertador não são luminosos, e não estou a fim de acender a luz outra vez e me sujeitar aos raios cegantes da lâmpada. Vivo pensando em pedir a Miriam que compre para mim um daqueles relógios fosforescentes, mas de manhã eu sempre esqueço. A claridade apaga o pensamento, e só vou lembrar de novo quando estou na cama, deitado e acordado, como agora, olhando fixo para o teto invisível, no meu quarto invisível. Não posso ter certeza, mas acho que é alguma coisa entre uma e meia e duas horas. Avançando devagar, passo a passo...

O site na internet foi idéia de Miriam. Se eu soubesse o que ela ia fazer, teria dito logo de cara que era perda de tempo, mas ela fez segredo para mim (em conluio com a mãe, que guardava todo e qualquer texto que publiquei na vida) e, quando ela veio até

Nova York para o meu jantar de setenta anos, levou-me ao escritório, ligou meu laptop e mostrou o que tinha feito. Os artigos não valem todo esse trabalho, mas a idéia de minha filha consumindo horas sem conta para digitar todos aqueles artigos velhos que escrevi — *para a posteridade*, como ela disse — me abalou razoavelmente, e eu não sabia o que dizer. Meu impulso, em geral, é evitar com algum comentário seco, sagaz e irônico cenas emotivas, mas naquela noite eu apenas pus os braços em torno de Miriam e não disse nada. Sonia chorou, é claro. Sempre chorava quando ficava feliz, mas naquela ocasião as lágrimas dela foram especialmente tocantes e terríveis para mim, pois seu câncer fora detectado apenas três dias antes e o prognóstico era nebuloso, incerto, na melhor hipótese. Ninguém disse nenhuma palavra sobre isso, mas nós três sabíamos que ela talvez não estivesse presente no meu aniversário seguinte. Como se viu mais tarde, um ano era pedir demais.

Eu não devia estar fazendo isso. Prometi a mim mesmo não cair na armadilha dos pensamentos sobre Sonia, das recordações sobre Sonia, não me deixar levar por isso. Agora não consigo mais me controlar e afundo numa depressão de mágoa e auto-recriminação. Podia começar a berrar e acordar as meninas, no andar de cima — ou então passar as próximas e muitas horas pensando em maneiras cada vez mais engenhosas e tortuosas de me matar. Essa tarefa foi reservada para Brick, o protagonista da história desta noite. Talvez isso explique por que ele e Flora liguem o computador dela e olhem o site de Miriam na internet. Parece importante que o meu herói me conheça um pouquinho, para saber que tipo de homem ele vai ter de enfrentar, e, agora que ele se meteu a ler alguns dos livros que recomendei, a gente começou, afinal, a estabelecer um vínculo. Está virando uma dança bem complicada, acho, mas o fato é que esse personagem Brill não constava dos meus planos iniciais. A mente que criou a guerra ia pertencer a outra pessoa, outro personagem inventado, tão irreal quanto Brick, Flora, Tobak e todo o resto, mas, quanto mais eu avançava, mais entendia como estava me iludindo. A história é sobre um homem que tem de matar a pessoa que o criou, e por que fingir que não sou eu essa pessoa? Quando me coloco dentro da história, a história se torna real. Ou então eu me torno irreal, mais uma fantasia da minha própria imaginação. De um jeito ou de outro, o efeito é mais satisfatório, está mais em harmonia com o meu estado de ânimo — que anda bem sombrio, meus filhos, tão sombrio quanto a noite de obsidiana que me rodeia.

Estou dizendo bobagens, deixo os pensamentos voarem às tontas, para manter Sonia afastada, mas, apesar de meus esforços, ela ainda está lá, a ausência sempre presente, que passou tantas noites nesta cama comigo, agora jaz numa sepultura no Cimetière Montparnasse, minha esposa francesa durante dezoito anos, e depois nove anos separados, e depois mais vinte e um juntos, trinta e nove anos ao todo, quarenta e um, contando os dois anos que antecederam nosso casamento, mais de metade da minha vida, e nada restou senão caixas de fotografias e sete LPs arranhados, as gravações que ela fez nas décadas de 60 e 70, Schubert, Mozart, Bach, e a chance de ouvir sua voz outra vez, aquela voz pequena mas linda, tão impregnada de sentimento, a perfeita essência da pessoa que ela era. Fotos... e música... e Miriam. Ela me deixou nossa filha, também, que não pode ficar de fora, a criança que não é mais criança, e como é estranho pensar que eu estaria perdido sem ela agora, sem dúvida andaria bêbado toda noite, se já não estivesse morto ou vivendo com a ajuda de aparelhos em algum hospital. Quando minha filha me pediu que fosse morar com ela depois do acidente, educadamente recusei, expliquei que ela já tinha fardos pesados demais sem me adicionar à lista. Ela pegou em minha mão e disse: Não, pai, você não está entendendo. Eu preciso de você. Estou tão desgraçadamente solitária naquela casa que não sei mais quanto tempo vou conseguir suportar. Preciso de alguém para conversar. Preciso de alguém para eu cuidar, para estar lá na hora do jantar, para me abraçar de vez em quando e me dizer que não sou uma pessoa horrível.

Pessoa horrível deve ter vindo de Richard, um epíteto que disparou da sua boca durante uma briga feia no final do casamento deles. As pessoas dizem as piores coisas num ataque de raiva, e me aflige que Miriam tenha deixado que essas palavras aderissem a ela como um juízo definitivo sobre o seu caráter, uma condenação de quem e do que ela é. Existem vastidões de bondade nessa menina, o mesmo tipo de bondade autopunitiva que Noriko encarna no filme, e por essa razão, de modo quase inevitável, mesmo que Richard tenha pulado fora do barco por sua própria vontade, ela continua a se culpar pelo que aconteceu. Não sei se fui de grande ajuda para ela, mas ao menos ela já não está sozinha. Estávamos criando uma rotina bastante confortável antes de Titus ser morto, e eu quero só que você lembre isto, Miriam: quando Katya estava em apuros, não procurou o pai, procurou você.

Por ora, Frisk e Rothstein saíram do apartamento. No instante em que a porta se fecha atrás deles, Flora começa a praguejar em espanhol, desfiando uma enxurrada de xingamentos que Brick não consegue acompanhar, pois seu conhecimento do idioma se limita apenas a umas poucas palavras, sobretudo *olá* e *até logo*, e ele não a interrompe, volta-se para dentro de si durante aqueles trinta segundos de incompreensão a fim de refletir sobre o dilema que está diante deles e pensar no que fazer em seguida. Ele acha estranho, mas todo o medo parece tê-lo deixado, e, ainda que apenas alguns minutos antes estivesse convicto de que ele e Flora estavam prestes a ser mortos, em vez de tremer e ficar abalado após aquele inesperado adiamento da pena, uma grande calma desceu sobre ele. Viu sua morte na forma da arma de Frisk e, embora a arma não estivesse mais lá, sua morte ainda está com ele — como se fosse a única coisa que lhe pertencia agora, como se a vida que por acaso ainda lhe resta tivesse sido roubada por aquela morte. E, se Brick está condenado, a primeira coisa a fazer é proteger Flora enviando-a para o mais longe dele possível.

Brick está calmo, mas parece que isso não produz o menor efeito em sua esposa, que se mostra cada vez mais agitada.

O que é que nós vamos fazer?, diz ela. Meu Deus, Owen, não podemos simplesmente ficar aqui parados e esperar que eles voltem. Não quero morrer. É burrice demais morrer quando a gente tem vinte e sete anos. Não sei... quem sabe a gente não consegue fugir e se esconder em algum canto?

Não vai adiantar. Não importa para onde a gente vá, eles vão nos localizar.

Então talvez você tenha mesmo de matar o tal velho, afinal.

Já falamos sobre isso. Você era contra, lembra?

Na época, eu não sabia nada. Agora sei.

Não vejo como é que isso pode fazer alguma diferença. Não posso matá-lo, e, mesmo se pudesse, eu ia acabar na prisão.

E quem disse que vão apanhar você? Se você bolar um plano bom, talvez saia livre.

Deixa pra lá, Flora. Você não quer que eu faça isso, tanto quanto eu.

Certo. Então vamos contratar alguém para fazer isso por você.

Pare com isso. Não vamos matar ninguém. Está entendendo?

Mas e então? Se não vamos fazer nada, vão nos matar daqui a uma semana.

Vou mandar você para longe. Esse é o primeiro passo. De volta para sua mãe, em Buenos Aires.

Mas você acabou de dizer que eles nos encontrariam em qualquer lugar que a gente fosse.

Eles não estão interessados em você. É de mim que eles estão atrás, e, quando você estiver longe, não vão mais se preocupar com você.

O que você está dizendo, Owen?

Só que eu quero que você fique a salvo.

Mas e quanto a você?

Não se preocupe. Vou pensar em alguma coisa. Não vou deixar que aqueles dois malucos me matem, eu prometo. Você vai se mandar daqui, vai ficar com a sua mãe por um tempo, e, quando voltar, eu estarei à sua espera neste apartamento. Entendeu?

Não estou gostando disso, Owen.

Não tem de gostar. Tem só de fazer. Por mim.

Nessa noite, eles compraram uma passagem de ida e volta para Buenos Aires, e na manhã seguinte Brick leva Flora de carro para o aeroporto. Sabe que é a última vez que vai ver sua mulher, mas se esforça para manter a pose e não dar o menor sinal da angústia que corre dentro dele. Quando Brick lhe dá um beijo de despedida na entrada de segurança, rodeado por torrentes de viajantes e de funcionários uniformizados do aeroporto, de repente Flora começa a chorar. Ele a segura em seus braços e acaricia o topo da cabeça dela, mas, agora que pode sentir o corpo de Flora se sacudir contra o seu, e agora que as lágrimas de Flora se infiltram na camisa dele e umedecem sua pele, ele já não sabe o que dizer.

Não me faça ir embora, suplica ela.

Sem lágrimas, sussurra ele em resposta. São só dez dias. Quando você voltar, tudo estará terminado.

E estará mesmo, pensa, enquanto entra no carro e volta do aeroporto para casa, em Jackson Heights. A essa altura, ele tem o firme propósito de manter sua palavra: evitar outro encontro com Rothstein e Frisk, estar à espera de Flora no apartamento quando ela voltar — mas isso não significa que ele tenha planos de estar vivo.

Então agora se trata de um suicídio, lembra-se de ter dito a Frisk.

De um jeito tortuoso, sim.

Brick está se aproximando do seu trigésimo aniversário, e nunca em toda a sua vida passou pela cabeça dele a idéia de se matar. Agora essa se tornou a sua única preocupação, e, durante os dias seguintes, ele fica no apartamento tentando imaginar o método mais indolor e eficaz de deixar este mundo. Pensa em comprar uma arma e dar um tiro em si mesmo, na cabeça. Pensa em veneno. Pensa em cortar os pulsos. Sim, diz consigo, esse é o padrão antigo, não é? Beber meia garrafa de vodca, enfiar vinte ou trinta pílulas pela garganta, meter-se numa banheira com água quente e depois retalhar as veias com uma faca de cortar carne. Dizem que a gente não sente quase nada.

A questão é que ainda faltam cinco dias para vencer o prazo, e, a cada dia que passa, a calma e a certeza que desceram em sua mente quando ele olhou para o cano da arma de Frisk vão afrouxando vários graus. A morte era uma conclusão já inapelável naquela ocasião, uma mera formalidade nas circunstâncias, mas, à medida que sua calma pouco a pouco se transforma em inquietude e sua certeza se desfaz em dúvida, ele tenta imaginar a vodca e as pílulas, o banho quente e a lâmina da faca, e de repente o velho medo volta, e, uma vez que isso acontece, Brick entende que sua determinação virou pó, que ele nunca vai conseguir tomar coragem para cumprir a missão.

Quanto tempo passou, então? Quatro dias... não, cinco dias... o que significa que só restam quarenta e oito horas. Brick ainda vai ter de sair do seu apartamento e se aventurar lá fora. Cancelou todas as apresentações do Grande Zavello na semana, com a desculpa de que estava gripado, e retirou da parede a tomada do telefone. Acha que Flora anda tentando falar com ele, mas não consegue se animar a falar com ela agora, ciente de que o som da sua voz o deixaria tão perturbado que ele poderia perder o controle e começar a balbuciar bobagens para ela, ou, pior ainda, começar a chorar, o que só serviria para aumentar o medo de Flora. Porém, na manhã de 27 de maio, ele afinal faz a barba, toma banho e veste roupas limpas. A luz do sol se derrama pelas janelas, a luminosidade sedutora da primavera em Nova York, e ele resolve que uma caminhada ao ar livre pode lhe fazer bem. Se a sua cabeça não conseguiu resolver os problemas dele, talvez ele encontre a resposta nos seus pés.

No instante em que pisa na calçada, no entanto, ouve alguém chamar seu nome. É uma voz de mulher, e, como não está passando nenhum pedestre naquele momento, Brick não consegue identificar de onde vem a voz. Olha em volta, a voz o chama de novo, e, veja só, lá está Virginia Blaine, sentada ao volante de um carro estacionado do outro lado da rua. A despeito de si mesmo, Brick fica imensamente satisfeito em vê-la, mas, enquanto desce o meio-fio e caminha na direção da mulher que assombrou seu pensamento no último mês, uma onda de apreensão se agita dentro dele. Quando chega ao carro, um Mercedes branco, sedã, sente a pulsação mais forte dentro da cabeça.

Bom dia, Owen, diz Virginia. Pode falar comigo um instante?

Eu não esperava ver você outra vez, retruca Brick, olhando com atenção para o seu rosto lindo, que está ainda mais lindo do que ele se lembrava, e para o cabelo castanho-escuro, mais curto do que estava na última vez que a viu, e para a boca delicada, com o batom vermelho, e para os olhos azuis de cílios compridos, e para as mãos finas, graciosas, pousadas no volante do carro.

Espero não estar interrompendo nada, diz ela.

De maneira nenhuma. Eu ia só dar uma caminhada.

Que bom. Em vez disso vamos dar uma volta de carro, certo?

Onde?

Depois eu digo. Temos muito que conversar, primeiro. Quando chegarmos aonde estamos indo, vai entender por que levei você lá.

Brick hesita, ainda sem saber se pode confiar em Virginia ou não, mas então se dá conta de que para ele tanto faz, e que, com toda a probabilidade, ele já é um homem morto, não importa o que faça. Se estas são as últimas horas da sua vida, pensa, então é melhor passá-las com ela do que ficar esperando sozinho.

Assim, lá vão eles na radiosa manhã de maio, deixam Nova York para trás e viajam para a divisa sul de Connecticut, na estrada interestadual 95, depois tomam a 395, pouco antes de New London, e rumam para o norte a cento e dez quilômetros por hora. Brick presta pouca atenção na paisagem que passa, prefere ficar de olho em Virginia, que veste um suéter de cashmere azul-claro e calça branca de linho, sentada no seu banco de couro marrom, com um ar de tamanha auto-suficiência que ele se lembra de como Virginia era quando menina, a garota que o deixava gaguejante toda vez que tentava falar com ela. Ele cresceu, e já não se sente intimidado por ela. Está um pouco desconfiado, talvez, mas não de Virginia, a mulher — e sim do *dente na engrenagem da grande máquina*, da pessoa mancomunada com Frisk.

Você está com uma aparência muito melhor, Owen, começa ela. Sem cortes, sem curativos. E estou vendo que já consertou seu dente. Os milagres da odontologia, hein? De lutador de boxe surrado para o sr. Simpatia outra vez.

O assunto não interessa a Brick, e, em vez de entrar num papo furado sobre o estado do seu rosto, ele vai direto ao assunto. Frisk deu a injeção em você?, pergunta.

Não importa como cheguei aqui, responde ela. O que importa é por que eu vim.

Para dar cabo de mim, imagino.

Está errado. Vim porque me senti culpada. Eu meti você nessa encrenca, e agora quero tentar livrá-lo de tudo isso.

Mas você é a garota do Frisk. Se trabalha para ele, então faz parte disso também.

Mas eu não trabalho para ele. É só um disfarce.

O que isso significa?

Vou ter de soletrar as palavras para você?

Você é um agente duplo?

Mais ou menos.

Não vá me dizer que está do lado dos federais.

Claro que não. Odeio aquele bando de sacanas.

Então quem é?

Paciência, Owen. Você tem de me dar tempo. Vamos começar pelo princípio, está bem?

Está bem. Estou ouvindo.

Pois é, fui eu quem sugeriu você para a missão. Mas eu não sabia do que se tratava. Uma coisa importante, diziam, uma coisa decisiva para o fim da guerra, mas nunca me davam detalhes. Não me contaram nada, a não ser quando você já estava do outro lado. Juro, eu não tinha idéia de que iam mandar você matar alguém. E então, mesmo depois que eu descobri, não tinha idéia de que Frisk ia ameaçar matá-lo se você não cumprisse a missão. Eu só soube disso ontem à noite. Foi por isso que vim. Porque quero ajudar.

Não acredito numa só palavra do que você disse.

E por que deveria? Se eu estivesse no seu lugar, também não ia acreditar. Mas é a verdade.

O engraçado, Virginia, é que isso já não me importa. Que você minta, eu quero dizer. Gosto demais de você para ficar abalado com isso. Você pode ser uma fraude, pode até ser a pessoa escalada para me matar, que eu jamais vou deixar de gostar de você.

Eu também gosto de você, Owen.

Você é uma pessoa estranha. Alguém já lhe disse isso?

O tempo todo. Desde que eu era menina.

Há quanto tempo não volta para o lado de cá?

Faz quinze anos. Esta é a minha primeira viagem. Até três

meses atrás, não era nem possível fazer isso. Você foi o primeiro a ir e voltar. Sabia?

Ninguém nunca me contou nada.

É como entrar num sonho, não é? O mesmo lugar, mas completamente distinto. Os Estados Unidos sem a guerra. É difícil de engolir. A gente se acostuma tanto com a guerra, ela meio que se infiltra nos ossos da gente, e, depois de um tempo, não conseguimos mais imaginar o mundo sem ela.

Os Estados Unidos estão em guerra, sim. Só que não estamos lutando aqui. Não por enquanto, pelo menos.

Como vai a sua esposa, Owen? É burrice minha, mas não lembro o nome dela.

Flora.

Isso mesmo, Flora. Quer dar um telefonema e dizer a ela que vai ficar fora de casa por alguns dias?

Ela não está em Nova York. Eu a mandei de volta para a casa da mãe, na Argentina.

Boa idéia. Você agiu bem.

Ela está grávida, aliás. Acho que você gostaria de saber.

Bom trabalho, rapaz. Parabéns.

Flora está grávida, eu a amo mais do que nunca, preferia cortar meu braço direito a deixar que qualquer coisa a ferisse, e mesmo assim a única coisa que eu quero de fato agora é ir para a cama com você. Isso faz algum sentido?

Perfeitamente.

Uma última trepada.

Não fale desse jeito. Você não vai morrer, Owen.

Bem, o que você acha? A idéia atrai você?

Lembra o que eu disse a última vez que me viu?

Como eu poderia esquecer?

Então já sabe a resposta, não é?

Atravessam a divisa de Massachusetts e, alguns minutos

depois, param para encher o tanque de gasolina, vão ao banheiro, de homens e de mulheres, e comem dois cachorros-quentes miseráveis, feitos no microondas, em pães encharcados, que eles engolem com a ajuda de umas goladas de água mineral. Quando voltam para o carro, Brick toma Virginia nos braços e dá um beijo nela, enfia a língua no fundo da sua boca. É um momento delicioso para ele, realizar o sonho que dominou metade de uma vida, mas um momento marcado também pela vergonha e pelo remorso, pois, nesse breve prelúdio a prazeres maiores com o seu antigo amor, é a primeira vez que toca outra mulher desde que se casou com Flora. Mas Brick, que agora não passa de um soldado, um homem em luta numa guerra, justifica sua infidelidade recordando que pode muito bem estar morto amanhã.

Quando voltam para a auto-estrada, ele se vira para Virginia e faz a pergunta que vem adiando há mais de duas horas: para onde estão indo?

Para dois lugares, diz ela. O primeiro hoje, o outro amanhã.

Bem, já é um começo, acho. Você não poderia ser um pouco mais específica?

Não posso lhe contar sobre a primeira parada, porque quero que seja uma surpresa. Mas amanhã iremos a Vermont.

Vermont... Isso quer dizer Brill. Você está me levando para o Brill.

Você pega as coisas depressa, Owen.

Não vai adiantar nada, Virginia. Já pensei uma porção de vezes em ir até lá, mas não tenho a menor idéia do que vou dizer a ele.

É só pedir a ele que pare.

Ele não vai me dar a menor atenção.

Como você vai saber, se não tentar?

Porque eu sei, e pronto.

Está esquecendo que vou estar com você.

Que diferença isso vai fazer?

Já disse a você que na verdade não trabalho para o Frisk. De quem você acha que recebo ordens?

Como é que eu vou saber?

Vamos lá, cabo. Pense.

Não vai me dizer que é do Brill.

Do próprio.

É impossível. Ele está deste lado, e você está do outro lado. Não há maneira de vocês se comunicarem.

Já ouviu falar em telefone?

Os telefones não funcionam. Eu tentei ligar quando estava em Wellington. Disquei o número do meu apartamento em Queens, e disseram que o número estava fora de serviço.

Existem outros tipos de telefone, meu amigo. Em vista do papel que ele desempenha em tudo isso, você acha que Brill teria um telefone que não funciona?

Então você fala com ele.

Constantemente.

Mas vocês nunca se encontraram.

Não. Amanhã será o grande dia.

Mas e agora? Por que não vamos lá agora?

Porque o encontro está marcado para amanhã. E, até lá, você e eu temos outros planos.

A sua surpresa...

Exatamente.

Quanto falta?

Menos de meia hora. Daqui a mais ou menos dois minutos, vou pedir a você que feche os olhos. Pode abrir de novo depois que chegarmos lá.

Brick aceita o jogo, submete-se com alegria aos caprichos pueris de Virginia e, durante os últimos minutos da viagem, fica em seu banco sem dizer nada, tentando adivinhar que brincadeira ela tem reservada para ele. Se fosse mais versado em geografia, talvez tivesse achado uma solução muito antes de chegarem, mas Brick tem apenas um vago conhecimento de mapas, e, como na verdade jamais pôs os pés em Worcester, Massachusetts (só se imaginou lá em sonhos), quando o carro pára e Virginia lhe diz que abra os olhos, está convencido de que voltou para Wellington. O carro estacionou em frente à casa de subúrbio onde eles dois entraram no mês anterior, a mesma mansão de tijolos e estuque, com o gramado frontal exuberante, os canteiros de flores e os arbustos altos e florescentes. Quando ele olha para a rua, no entanto, todas as casas vizinhas estão intactas. Nada de paredes chamuscadas, nada de telhados caídos, nada de janelas quebradas. A guerra não tocou no quarteirão, e, enquanto Brick se vira devagar num círculo e dá uma olhada em torno, tentando assimilar o cenário familiar mas modificado, a ilusão finalmente se rompe e ele entende onde está. Não em Wellington, mas em Worcester, o nome anterior da cidade no outro mundo.

Não é maravilhoso?, diz Virginia, erguendo os braços e acenando para as casas livres de todos os estragos. Os olhos dela se acendem, e um sorriso se espalha em seu rosto. Assim é que era antes, Owen. Antes das armas... antes dos ataques... antes de Brill começar a destruir tudo. Eu nunca pensei que fosse ver isto outra vez.

Deixemos que Virginia Blaine tenha seu breve momento de alegria. Deixemos que Owen Brick esqueça sua pequena Flora e encontre consolo nos braços de Virginia Blaine. Deixemos que o homem e a mulher que se conheceram quando crianças tirem prazeres mútuos de seus corpos adultos. Deixemos que vão para a cama juntos e façam o que quiserem. Deixemos que comam. Deixemos que bebam. Deixemos que voltem para a cama e façam o que quiserem com cada centímetro e cada orifício de seus corpos crescidos. A vida continua, afinal, mesmo nas circunstâncias mais penosas, continua até o fim, e então pára. E essas vidas vão parar, pois têm de parar, pois nenhum dos dois jamais poderá ir a Vermont para falar com Brill, pois Brill pode enfraquecer e então desistir, e Brill não pode nunca desistir, pois ele precisa continuar a contar a sua história, a história da guerra naquele outro mundo, que é também este mundo, e ele não pode deixar que ninguém nem nada o detenham.

É o meio da noite. Virginia está deitada debaixo do cobertor, adormecida, sua carne saciada se expande e se contrai enquanto o ar frio entra e sai dos pulmões, sonhando com Deus sabe o quê, sob o pálido luar que filtra pela janela meio aberta. Brick está a seu lado, o corpo enrolado no dela, uma das mãos sobre o seio esquerdo de Virginia, a outra pousada na área redonda onde o quadril e a nádega se fundem, mas o cabo está agitado, inexplicavelmente acordado, e, depois de se esforçar por quase uma hora para pegar no sono, desliza da cama para ir ao andar de baixo e tomar um drinque, imaginando que uma dose de uísque talvez sufoque os tremores que se erguem dentro dele quando pensa no encontro com o velho, no dia seguinte. Vestido no roupão atoalhado do marido morto, ele entra na cozinha e acende a luz. Em face do deslumbramento daquele espaço elegante, com suas superfícies lisas e aparelhos caros, Brick começa a pensar no casamento de Virginia. O marido devia ser bem mais velho que ela, especula, um negociante esperto, com os recursos necessários para comprar uma casa feito esta, e, como Virginia ainda não contou grande coisa sobre ele (a não ser que era rico), o mágico meio remediado de Queens se pergunta se ela sentia afeição pelo esposo falecido ou simplesmente se casou por dinheiro. Os pensamentos ociosos de um insone em busca de um copo limpo e de uma garrafa de uísque nos armários da cozinha: as intermináveis banalidades que voam pela mente enquanto cada idéia se transforma em outra. Assim acontece com todos nós, jovens e velhos, ricos e pobres, e então um fato inesperado irrompe de supetão sobre nós para nos arrancar de nosso torpor.

Brick ouve aviões que voam baixo ao longe, depois o barulho do motor de um helicóptero, e logo em seguida o estrondo cortante de uma explosão. As janelas da cozinha se fazem em pedaços, o chão treme debaixo dos seus pés descalços e então começa a se inclinar, como se todas as fundações da casa mudassem de posição, e, quando Brick corre para a saleta da frente a fim de subir a escada e socorrer Virginia, é recebido por grandes e retorcidas lanças de fogo. Lascas de madeira e telhas de ardósia desabam do alto. Brick volta os olhos para cima e, após vários segundos de confusão, compreende que está olhando para o céu da noite através de nuvens de fumaça em ondas. A metade superior da casa não existe mais, o que significa que Virginia também não existe mais, e, embora ele saiba que não vai servir para nada, tenta desesperadamente subir a escada e procurar o corpo dela. Mas agora a escada está em chamas, e ele vai morrer queimado se chegar mais perto.

Corre para fora, para o gramado, e, em toda parte ao seu redor, vizinhos saem aos berros de suas casas para a noite. Um contingente de tropas federais se aglomerou no meio da rua, cinqüenta ou sessenta homens de capacete, todos armados com metralhadoras. Brick levanta as mãos num gesto de rendição, mas não adianta nada. A primeira bala o acerta na perna, e ele cai, agarrando o ferimento enquanto o sangue jorra entre seus dedos. Antes que ele possa verificar a lesão e ver se é grave, uma segunda bala acerta em cheio o seu olho direito e sai por trás da cabeça. E esse é o fim de Owen Brick, que deixa o mundo em silêncio, sem nenhuma chance de dizer uma última palavra ou ter um último pensamento.

Enquanto isso, cento e vinte quilômetros a noroeste, numa casa branca de madeira no sul de Vermont, August Brill está acordado, deitado na cama, olhando para a escuridão. E a guerra continua.

Isso tinha mesmo de acabar desse jeito? Sim, provavelmente sim, embora não fosse difícil pensar num desfecho menos brutal. Mas para quê? Meu tema esta noite é a guerra, e, agora que a guerra entrou nesta casa, acho que estaria insultando Titus e Katya se atenuasse o golpe. Paz na Terra, boa vontade com os homens. Porrada na Terra, boa vontade com ninguém. Esse é o âmago da questão, o centro negro do silêncio da noite, ainda tenho umas boas quatro horas para queimar, e toda a esperança de dormir foi pelo ralo. A única solução é deixar Brick para trás, garantir que tenha um enterro digno e depois inventar outra história. Alguma coisa mais terra-a-terra desta vez, um contrapeso à máquina fantástica que acabei de criar. Giordano Bruno e a teoria dos mundos infinitos. Um tema provocativo, está certo, mas há também outras pedras para garimpar.

Histórias de guerra. É só baixar a guarda por um instante, e elas vêm correndo para cima da gente, uma a uma...

Quando eu e Sonia fomos juntos à Europa pela última vez, ficamos em Bruxelas por uns dias para uma reunião com um ramo afastado da família dela. Uma tarde, almoçávamos com um primo seu em segundo grau, um velho aristocrata beirando os oitenta anos, um ex-editor que cresceu na Bélgica e depois se mudou para a França, uma pessoa afável, culta, que falava em parágrafos complexos e magnificamente articulados, um livro vivo em forma humana. O restaurante ficava numa galeria estreita, em algum local próximo ao centro da cidade, e, antes de entrarmos para fazer nossa refeição, ele nos levou a um pequeno pátio no fim do corredor para nos mostrar um chafariz e uma estátua de bronze de uma ninfa das águas sentada na fonte. Não era uma obra especialmente brilhante — a representação de uma jovem nua, no meio da adolescência, um pouco menor do que o tamanho natural —, mas, apesar de sua falta de graça, possuía também alguns atributos comoventes, algo na curva das costas da garota, acho, ou então era o tamanho diminuto dos seios e dos quadris delgados, ou então simplesmente a escala pequenina da peça em seu todo. Enquanto estávamos ali examinando a escultura, Jean-Luc nos contou que a modelo ficara adulta, tornara-se sua professora de literatura no ensino médio e tinha só dezessete anos quando posou para o artista. Demos meia-volta e entramos no restaurante, e durante o almoço ele nos contou mais a respeito da sua relação com aquela mulher. Foi ela que o levou a se encantar com os livros, disse, porque, quando era seu aluno, apaixonou-se profundamente por ela e aquele amor acabou mudando o rumo da vida dele. Quando os alemães ocuparam a Bélgica, em 1940, Jean-Luc tinha só quinze anos de idade, mas se uniu à resistência clandestina na função de mensageiro, ia à escola de dia e fazia as vezes de correio, à noite. Sua professora também se uniu à resistência, e, certa manhã, em 1942, os alemães invadiram o liceu e a prenderam. Pouco depois disso, a célula de Jean-Luc sofreu infiltração e foi destruída. Ele teve de fugir e se esconder, contou, e durante os últimos dezoito meses da guerra viveu sozinho num sótão e não fez nada a não ser ler livros — todos os livros, cada um deles, desde os gregos antigos até os renascentistas e os autores do século XX, consumia romances e peças de teatro, poesia e filosofia, compreendendo que jamais poderia fazer aquilo sem a influência da sua professora, que foi presa diante dos seus olhos e por quem ele rezava toda noite. Quando a guerra enfim terminou, ele soube que ela não voltara do campo de prisioneiros, mas ninguém sabia dizer como ou quando ela morrera. Tinha sido apagada, eliminada da face da Terra, e absolutamente ninguém sabia o que havia acontecido com ela.

Alguns anos depois disso (final da década de 40? início da de 50?), ele estava comendo sozinho num restaurante em Bruxelas e entreouviu dois homens conversando na mesa vizinha. Um deles ficara num campo de concentração durante a guerra, e, à medida que contava ao outro uma história sobre uma das companheiras presas, Jean-Luc ia se convencendo cada vez mais de que ele se referia à sua professora, a pequenina ninfa das águas sentada no chafariz no fim da galeria. Todos os detalhes pareciam encaixar: uma garota belga com menos de trinta anos, cabelos vermelhos, corpo miúdo, extremamente bela, uma encrenqueira esquerdista que contestou uma ordem de um dos guardas do campo de concentração. A fim de dar um exemplo aos demais prisioneiros e demonstrar o que acontecia com quem desobedecia aos guardas, o comandante resolveu executá-la em público, com toda a população do campo servindo de platéia para o assassinato. Jean-Luc esperava que o homem dissesse que haviam enforcado a professora ou que a haviam fuzilado num muro, mas aconteceu que o comandante tinha em mente algo mais tradicional, um método que saíra de moda muitos séculos antes. Jean-Luc não conseguia olhar para nós enquanto dizia aquelas palavras. Virou a cabeça para o lado e ficou olhando pela janela, como se a execução estivesse ocorrendo ali, do lado de fora do restaurante, e com voz serena, de repente cheia de emoção, disse: Ela foi arrastada e esquartejada. Com correntes compridas presas nos dois pulsos e nos dois tornozelos, foi levada para o pátio, forçada a permanecer em posição de sentido enquanto as correntes eram presas a quatro jipes voltados para quatro direções diferentes, e depois o comandante deu ordem para os motoristas ligarem os motores. Segundo o homem na mesa vizinha, a mulher não gritou, não emitiu o menor som enquanto um membro após o outro era arrancado do seu corpo. Será possível uma coisa dessas? Jean-Luc ficou tentado a falar com o homem, disse, mas se deu conta de que não era capaz de falar. Contendo à força as lágrimas, levantou-se, largou algum dinheiro na mesa e saiu do restaurante.

* * *

Sonia e eu voltamos para Paris, e, num intervalo de quarenta e oito horas, ouvi mais duas histórias que me marcaram fundo — não com a violência perversa da história de Jean-Luc, mas o suficiente para deixar um impacto duradouro. A primeira veio de Alec Foyle, um jornalista britânico que viajou de Londres para jantar conosco uma noite. Alec tem quase cinqüenta anos, foi namorado de Miriam certa época, e, embora já tenha passado muita água debaixo da ponte desde então, Sonia e eu ficamos um pouco surpresos quando nossa filha preferiu Richard a ele. Perdemos contato durante alguns anos, e havia um bocado de assuntos para pôr em dia, o que gerou uma dessas conversas agitadas em que se pula abruptamente de um assunto para outro. A certa altura, começamos a falar sobre famílias, e Alec nos contou a respeito de uma conversa recente que tivera com uma amiga, uma jornalista que fazia a cobertura de artes plásticas para o jornal *Independent* ou para o *Guardian*, esqueci qual dos dois. Ele lhe disse: Em algum momento, toda família passa por acontecimentos extraordinários: crimes horríveis, enchentes e terremotos, acidentes incríveis, lances de sorte miraculosos, e não existe no mundo nenhuma família sem segredos e sem esqueletos no armário, baús fechados cheios de coisas escondidas que nos deixariam de queixo caído se fossem abertos. Sua amiga discordava. Isso vale para muitas famílias, disse, talvez para a maioria das famílias, mas não para todas. A família dela, por exemplo. Ela não conseguia pensar em nada de interessante que tivesse acontecido a algum deles, nenhum fato excepcional. É impossível, disse Alec. Concentre-se um pouco mais, e vai achar alguma coisa. Então sua amiga pensou mais um pouco e acabou dizendo: Bem, talvez exista uma coisa. Minha avó me contou logo antes de morrer, e acho que é um tanto fora do comum.

Alec sorriu para nós do outro lado da mesa. Fora do comum, disse. Minha amiga não teria nascido se aquilo não tivesse acontecido, e ela chamou o episódio de *fora do comum*. Para mim, é algo tremendamente assombroso.

A avó da amiga dele nasceu em Berlim no início da década de 20, e, quando os nazistas chegaram ao poder em 1933, sua família judia reagiu da mesma forma que tantas outras: acharam que Hitler não passava de um aventureiro e não fizeram o menor esforço para deixar a Alemanha. Mesmo quando as condições pioraram, eles continuaram a acreditar no melhor e se recusaram a arredar o pé. Certo dia, quando a avó tinha dezessete ou dezoito anos, seus pais receberam uma carta assinada por alguém que se dizia capitão da SS. Alec não mencionou que ano era, mas 1938 pode ser um bom palpite, acho, ou talvez um pouco antes. Segundo a amiga de Alec, a carta dizia o seguinte: Os senhores não me conhecem, mas eu conheço bem os senhores e seus filhos. Posso ir para a corte marcial por escrever esta carta, mas sinto que é meu dever preveni-los de que correm grande perigo. Se não agirem logo, serão todos presos e enviados para um campo de concentração. Acreditem em mim, não é só uma especulação sem fundamento. Estou em condições de fornecer vistos de saída que lhes permitirão fugir para outro país, mas, em troca da minha ajuda, terão de me prestar um favor importante. Estou apaixonado pela sua filha. Eu a observo já faz um bom tempo, e, embora nunca tenhamos nos falado, esse amor é incondicional. Ela é a pessoa com que sonhei a vida toda, e, se este mundo fosse diferente, e fôssemos governados por leis diferentes, eu a pediria em casamento amanhã mesmo. O que peço é só o seguinte: na próxima quarta-feira, às dez horas da manhã, sua filha irá para o parque em frente à sua casa, vai sentar no seu banco predileto e lá permanecer por duas horas. Prometo que não vou tocar nela, não vou me aproximar, não vou lhe dirigir uma só palavra. Vou ficar escondido durante as duas horas. Ao meio-dia, ela pode levantar e voltar para casa. A razão para tal pedido, sem dúvida, já está evidente para os senhores. Preciso ver minha amada uma última vez, antes de perdê-la para sempre...

Nem é preciso dizer que ela fez aquilo mesmo. Tinha de fazer, embora a família temesse que se tratasse de um logro, sem falar em possibilidades mais medonhas de molestamento sexual, seqüestro, estupro. A avó da amiga de Alec era uma jovem inexperiente, e o fato de ter sido convertida numa Beatriz adorada por algum desconhecido Dante da SS, o fato de um estranho tê-la observado por vários meses, ter ouvido suas conversas e seguido seus passos pela cidade, lançou-a num pânico crescente, enquanto ela esperava que chegasse a quarta-feira. Contudo, quando a hora marcada chegou, ela fez o que tinha de fazer e seguiu para o parque com a estrela amarela amarrada na manga do suéter, sentou-se num banco e abriu o livro que levara como um expediente para acalmar os nervos. Durante duas horas seguidas, não ergueu o rosto nenhuma vez. Estava assustada demais, contou à avó, e fingir ler era sua única defesa, a única coisa que a impedia de levantar de um salto e fugir dali correndo. É impossível calcular quanto aquelas duas horas devem ter durado para ela, mas aos poucos, enfim, o meio-dia chegou e ela voltou para casa. No dia seguinte, os vistos de saída foram introduzidos por baixo da porta, conforme prometido, e a família partiu para a Inglaterra.

A última história veio de um sobrinho de Sonia, Bertrand, o filho mais velho do mais velho dos seus três irmãos, o único membro da família que, como ela, tornou-se músico, e portanto uma pessoa especial para Sonia, um violinista da orquestra da Ópera de Paris, um colega e um parceiro. Na tarde seguinte ao nosso jantar com Alec, nós nos encontramos com Bertrand para almoçar no Allard, e no meio da refeição ele começou a falar sobre uma violoncelista da orquestra que estava planejando se aposentar no final daquela temporada. Todos sabiam da sua história, disse ele, ela a contava abertamente, e assim ele achava que não ia violar nenhum segredo se nos contasse. Françoise Duclos. Não tenho a menor idéia da razão de o nome dela ainda estar gravado em minha memória, mas aí está ele — Françoise Duclos, a violoncelista. Casou-se em meados da década de 60, contou Bertrand, teve uma filha no início da de 70, e dois anos depois o marido sumiu. Não é nada muito fora do comum, como a polícia contou a ela quando foi comunicar o desaparecimento, mas Françoise sabia que o marido a amava, que adorava a filhinha deles, e, a menos que fosse a mulher mais cega, mais obtusa do mundo, sabia que ele não estava envolvido com outra mulher. O marido ganhava um salário decente, o que significava que dinheiro não era um problema, ele gostava do seu trabalho e nunca demonstrou a menor queda por jogos de aposta ou investimentos de risco. Assim, o que teria acontecido com ele, e por que ele sumira? Ninguém sabia.

Passaram-se quinze anos. O marido foi declarado legalmente morto, mas Françoise nunca voltou a se casar, nem morou com outro homem. Criou sozinha a filha (com a ajuda dos pais dela), tinha um contrato com a orquestra, dava aulas particulares no seu apartamento, e assim era: uma existência reduzida, com um punhado de amigos, verões no campo com a família do irmão, e um mistério sem solução por companheiro constante. Então, depois de todos aqueles anos de silêncio, o telefone tocou um dia, e lhe pediram que fosse ao necrotério para identificar um corpo. A pessoa que a acompanhou até a sala onde o cadáver estava à espera avisou que ela devia se preparar para uma experiência difícil: o morto tinha sido empurrado de uma janela no sexto andar e morreu no impacto com a calçada. Embora o corpo estivesse espatifado, Françoise o reconheceu de imediato. Ele estava uns dez quilos mais pesado, o cabelo estava mais ralo e ficara grisalho, mas não havia dúvida de que ela estava olhando para o cadáver do marido desaparecido.

Antes que ela pudesse ir embora, um homem entrou na sala, pegou Françoise pelo braço e disse: Por favor, venha comigo, mme. Duclos. Tenho algo para lhe contar.

Levou-a para a rua, até seu carro, que estava estacionado em frente a uma padaria numa rua próxima, e pediu que ela entrasse. Em vez de pôr a chave na ignição, o homem baixou o vidro da janela e acendeu um cigarro. Então, durante a hora seguinte, contou a Françoise a história dos últimos quinze anos, enquanto ela ouvia sentada a seu lado naquele carrinho azul, olhando as pessoas saírem da padaria carregando pães. Esse era um detalhe de que Bertrand se lembrava — os pães —, mas não soube nos dizer nada a respeito do homem. Seu nome, sua idade, aparência — tudo isso era um vazio, mas afinal também tem pouquíssima importância.

Duclos era um agente da DGSE, contou-lhe o homem. Françoise não poderia saber disso, é claro, pois os agentes têm ordens rigorosas para não falar sobre seu trabalho, e, durante todos aqueles anos em que ela achava que o marido estava escrevendo estudos econômicos para o Ministério de Assuntos Exteriores, na verdade ele agia como espião sob as ordens da Direction Générale de la Sécurité Extérieure. Pouco depois do nascimento da filha, dezessete anos antes, ele recebeu uma missão que o transformou num agente duplo: enquanto atuava ostensivamente em apoio aos soviéticos, na verdade fornecia informações aos franceses. Após dois anos, os russos descobriram o que ele estava fazendo e tentaram matá-lo. Duclos conseguiu escapar, mas a partir daí não era mais possível voltar para casa. Os russos vigiavam Françoise e a filha, o telefone do apartamento estava grampeado, e, se Duclos tentasse ligar para casa ou ir até lá, os três teriam sido assassinados imediatamente.

Assim, ele se manteve afastado a fim de proteger a família, escondido pelos franceses durante quinze anos, enquanto se mudava de um apartamento para outro em Paris, um homem caçado, um homem perseguido, movendo-se sorrateiro para conseguir uma oportunidade para olhar de relance a filha, vendo-a crescer de longe, sempre impossibilitado de falar com ela, de conhecê-la, observando a esposa enquanto a juventude se esvaía lentamente e ela adentrava a meia-idade, e então, por causa de algum descuido, ou porque alguém o denunciou, ou por causa de um mero lance de má sorte, os russos enfim apanharam Duclos. A captura... a venda nos olhos... as cordas nos pulsos... os socos no rosto e no corpo... e depois o mergulho da janela do sexto andar. Morte por defenestração. Mais um método clássico, a execução preferida entre espiões e policiais há centenas de anos.

Havia numerosas lacunas no relato de Bertrand, mas ele não conseguiu responder a nenhuma das perguntas que Sonia e eu fizemos. Qual a atividade de Duclos durante todos aqueles anos? Vivia com um nome falso? Continuou a trabalhar para a DGSE em alguma função? Quantas vezes ele tinha permissão de sair? Bertrand balançou a cabeça. Simplesmente não sabia.

Em que ano Duclos morreu?, perguntei. Isso você deve lembrar.

Em 1989. Na primavera de 89. Tenho certeza disso, porque foi quando entrei para a orquestra e o caso de Françoise tinha acontecido algumas semanas antes.

Na primavera de 89, disse eu. O Muro de Berlim caiu em novembro. O bloco oriental derrubou seus governos, e então a União Soviética desmoronou. Isso faz de Duclos uma das últimas baixas da Guerra Fria, não é?

Limpo um pigarro e, um segundo depois, volto a ter ânsias e tossir catarro enquanto cubro a boca para abafar o barulho. Quero cuspir no lenço, mas, quando estico o braço para pegá-lo com os dedos, esbarro no despertador, que cai da mesinha-de-cabeceira e bate com estrondo no chão. Continuo sem o lenço. Então lembro que todos os meus lenços estão lavando, e assim engulo à força e deixo o muco deslizar pela garganta, enquanto digo a mim mesmo pela décima quinta vez nos últimos cinqüenta dias para parar de fumar, o que sei que nunca vai acontecer, mas digo assim mesmo, só para me torturar com a minha hipocrisia.

Começo a pensar em Duclos de novo, pergunto-me se eu não seria capaz de extrair uma história daquele negócio sinistro, não necessariamente Duclos e Françoise, não os quinze anos que ele passou escondido e à espera, não aquilo que já sei, mas algo que posso criar no caminho. A filha, por exemplo, num salto de 1989 para 2007. E se ela tiver virado jornalista ou romancista, algum tipo de escritora, e depois da morte da mãe ela resolve escrever um livro sobre os pais? Mas o homem que traiu seu pai, entregando-o aos russos, ainda está vivo e, quando ouve falar do que ela planeja fazer, tenta detê-la — ou até matá-la...

É o mais longe que consigo chegar. Um instante depois, ouço passos no segundo andar outra vez, mas agora não seguem para o banheiro, estão descendo a escada e, enquanto imagino Miriam ou Katya entrando na cozinha em busca de um drinque ou de um cigarro ou de algo na geladeira para beliscar, me dou conta de que os passos estão vindo nesta direção, que alguém se aproxima do meu quarto. Ouço uma batida na porta — não, não exatamente uma batida, mas um débil roçar de unhas na madeira —, e então Katya sussurra: Está acordado?

Digo a ela que entre e, quando a porta se abre, consigo distinguir sua silhueta contra a pálida luz azulada atrás. Katya parece estar vestindo sua camiseta do time Red Sox e calças de dormir cinzentas, e o cabelo comprido está preso num rabo-de-cavalo.

Você está bem?, pergunta ela. Ouvi alguma coisa cair no chão, e depois um acesso de tosse terrível.

Estou que é uma beleza, respondo. Seja lá o que isso quer dizer.

Dormiu um pouco?

Nem fechei os olhos. E você?

Até que dormi, mas não muito.

Por que não fecha a porta? É melhor quando aqui fica totalmente escuro. Vou lhe dar um dos meus travesseiros, e aí você pode se deitar a meu lado.

A porta se fecha, estico um travesseiro para o antigo lugar de Sonia, e, instantes depois, Katya está estirada de costas a meu lado.

Isso me lembra de quando você era pequena, digo. Quando sua avó e eu vínhamos de visita, você sempre escapulia para ficar conosco em nossa cama.

Sinto uma saudade louca da vovó, você sabe. Até hoje não consigo enfiar na cabeça que ela não está mais aqui.

Você e todo mundo.

Por que parou de escrever seu livro, vovô?

Resolvi que é mais divertido ver filmes com você.

Isso é recente. Você parou de escrever faz muito tempo.

Ficou demasiado triste. Gostei de trabalhar nas partes iniciais, mas aí chegaram os tempos ruins e comecei a brigar com o livro. Fiz coisas muito idiotas na minha vida, não tenho força para reviver tudo isso. Então Sonia ficou doente. Depois que ela morreu, a idéia de retornar ao livro me revoltava.

Não devia ser tão severo consigo.

Não sou. Estou só sendo honesto.

O livro devia ser para mim, lembra?

Para você e para a sua mãe.

Mas ela já sabe tudo. Eu não. É por isso que eu queria tanto ler.

Na certa ia ficar enjoada.

Às vezes você consegue ser um tremendo bobo, vovô. Sabia?

Por que ainda me chama de *vovô*? Parou de chamar sua mãe de *mamãe* faz muitos anos. Você devia estar ainda no ensino médio, e de repente *mamãe* virou *mãe*.

Não queria mais parecer criança.

Eu chamo você de Katya. Podia me chamar de August.

Jamais gostei muito desse nome. Parece bom no papel, mas é difícil de falar.

Então, de alguma outra coisa. Que tal *Ed*?

Ed? De onde foi tirar essa idéia?

Sei lá, veja, estou fazendo o melhor que posso para imitar o sotaque *cockney*. A idéia simplesmente pintou na minha *Ed*.*

Katya solta um gemido curto e sarcástico.

Desculpe, eu não paro mesmo. Não consigo me conter. Nasci com o gene da piada ruim, e não há nada que eu possa fazer em relação a isso.

Você nunca leva nada a sério, não é?

Levo tudo a sério, meu amor. Só finjo que não levo.

August Brill, meu avô, no momento conhecido por Ed. Como é que chamavam você quando era pequeno?

Augie, a maioria das vezes. Nos meus bons dias, eu era Augie, mas as pessoas me chamavam de uma porção de outras coisas também.

É difícil imaginar. Você quando criança, quero dizer. Deve ter sido uma criança estranha. O tempo todo lendo livros, aposto.

Isso veio depois. Até os quinze anos, eu só queria saber de beisebol. Nós jogávamos sem parar, direto, até meados de novembro. Então vinha o futebol americano durante alguns meses, mas lá pelo fim de fevereiro começávamos a jogar beisebol outra vez. A velha galera de Washington Heights. Nós éramos tão doidos que jogávamos beisebol até na neve.

E as garotas? Lembra o nome do seu primeiro amor?

Claro. A gente nunca esquece uma coisa dessas.

* Pronúncia da palavra *head*, "cabeça" em inglês, com sotaque típico de uma parte de Londres. (N. T.)

Quem era?

Virginia Blaine. Eu me apaixonei por ela quando estava na primeira série do ensino médio, e de repente o beisebol não tinha mais a menor importância. Comecei a ler poesia, passei a fumar, e me apaixonei por Virginia Blaine.

Ela também te amava?

Eu nunca soube direito. Ela ficou me cozinhando durante seis meses e depois escapuliu com algum outro. Para mim, pareceu que era o fim do mundo, meu primeiro desgosto de verdade.

E aí você conheceu a vovó. Tinha só vinte anos, não é? Mais jovem do que eu, hoje.

Você está fazendo muitas perguntas...

Se você não vai terminar seu livro, como é que eu vou descobrir o que preciso saber?

Por que esse interesse repentino?

Não é repentino. Venho pensando nisso há muito tempo. Quando ouvi que você estava acordado agora há pouco, disse comigo: Aí está a minha chance, e desci e bati na sua porta.

Arranhou na minha porta.

Certo, arranhei. Mas agora estamos aqui, deitados no escuro, e, se você não responder minhas perguntas, não vou mais deixar você ver filmes comigo.

Por falar nisso, achei outro exemplo em apoio à sua teoria.

Ótimo. Mas agora não estamos falando de filmes. Estamos falando de você.

Não é uma história tão agradável assim, Katya. Tem uma porção de coisas deprimentes.

Já sou bem crescida, Ed. Posso encarar tudo o que você tiver para mostrar.

Eu gostaria de ter certeza.

Até onde sei, a única coisa deprimente de que você está falando é do fato de ter enganado e deixado sua esposa para ficar com outra mulher. Desculpe, meu chapa, mas esse é o comportamento-padrão por aqui, não é? Você acha que eu não posso encarar isso? Já tive de encarar, com meu pai e minha mãe.

Quando foi que falou com ele pela última vez?

Com quem?

Com o seu pai.

Com quem?

Ora, vamos, Katya. Com o seu pai, Richard Furman, o ex-marido da sua mãe, o meu ex-genro. Conte-me, meu anjo. Prometo responder suas perguntas, mas me diga qual foi a última vez que teve notícias do seu pai.

Mais ou menos duas semanas atrás, acho.

Combinaram se encontrar?

Ele me convidou para ir a Chicago, mas respondi que não estava muito a fim. Quando terminar o semestre, no próximo mês, ele disse que vem a Nova York para passar um fim de semana e que a gente poderia ficar em algum hotel por aí e comer muito bem. É provável que eu vá, mas ainda não resolvi. A esposa dele está grávida, aliás. A belezinha da Suzie Woozy e seu filho.

Sua mãe sabe?

Não contei para ela. Achei que podia ficar zangada.

Ela vai acabar descobrindo, mais cedo ou mais tarde.

Eu sei. Mas agora ela parece que está indo muito melhor, e eu não queria arranjar confusão.

Você é durona de verdade, menina.

Não, não sou, não. Sou mole feito pudim. Só creme e calda.

Seguro a mão de Katya, e, durante o meio minuto seguinte mais ou menos, ficamos olhando para a escuridão acima de nós sem dizer nenhuma palavra. Quem sabe ela não pega no sono se eu parar de falar? Mas, logo depois de eu pensar isso, ela rompe o silêncio e me faz outra pergunta:

Qual foi a primeira vez que você a viu?

No dia 4 de abril de 1955 — às duas e meia da tarde.

De verdade?

De verdade.

Onde você estava?

Na Broadway. Na esquina da Broadway com a rua 115, indo a pé para a parte alta da cidade, a caminho da biblioteca Butler. Sonia ia para a Juilliard, que naquela época ficava perto da universidade de Colúmbia, e ela vinha para o centro da cidade. Acho que a avistei a meio quarteirão de distância, na certa porque ela vestia um casaco vermelho, o vermelho chama logo atenção, ainda mais numa rua da cidade, onde só há pedras e tijolos insípidos ao fundo. Por isso eu capto o casaco vermelho que vem na minha direção e depois vejo que a pessoa que veste o casaco é uma garota baixa de cabelo escuro. Muito promissor à distância, mas ainda longe demais para se ter certeza de qualquer coisa. Com os rapazes é assim, você sabe disso. Sempre de olho nas garotas, sempre avaliando as garotas, sempre na esperança de esbarrar com aquela beleza chocante que vai tirar o fôlego da gente e fazer o coração parar de bater. Então eu tinha visto o casaco, e tinha visto que a pessoa que vestia o casaco era uma garota de cabelo escuro e curto, de mais ou menos um metro e sessenta de altura, e o que notei logo em seguida foi que a cabeça estava balançando um pouco, como se ela estivesse cantarolando, e que havia um certo saltitar nos seus passos, uma leveza no jeito de se mover, e eu digo comigo mesmo: Essa garota está feliz, feliz de estar viva e andando pela rua no ar revigorante, ensolarado, do início da primavera. Uns poucos segundos depois, o rosto da garota começa a adquirir mais definição, e eu vejo que ela está usando um batom vermelho brilhante, e então, enquanto a distância entre nós continua a diminuir, eu assimilo simultaneamente dois fatos importantes. Um: que ela está de fato cantarolando — uma ária de Mozart, suponho, mas não posso ter certeza —, e não só está cantarolando como tem uma voz de cantora de verdade. Dois: que ela é atraente de uma forma sublime, talvez seja até linda, e meu coração está prestes a parar de bater. A essa altura, ela está só a um metro e meio de distância, mais ou menos, e eu, que nunca parei para falar com uma garota desconhecida na rua, que nunca em toda a minha vida tive a audácia de dirigir a palavra a uma desconhecida bonita em público, abro a boca e digo olá, e, como estou sorrindo para ela, e sem dúvida sorrindo de um jeito que não transmite nenhuma ameaça ou sinal de agressão, ela pára de cantarolar, sorri de volta para mim e responde meu cumprimento com outro. E aí está. Fico nervoso demais para dizer qualquer outra coisa e assim continuo a andar em frente, como faz também a garota bonita de casaco vermelho, mas depois de seis ou sete passos eu me arrependo da minha falta de coragem e volto, torcendo para que ainda haja tempo de começar uma conversa, mas a garota anda depressa demais e já está fora de alcance, e assim, com meus olhos nas suas costas, eu a vejo atravessar a rua e desaparecer na multidão.

Frustrante — mas compreensível. Detesto quando os homens tentam falar comigo na rua. Se você tivesse agido com mais audácia, na certa Sonia teria virado a cara para você e você não iria conseguir mais nada com ela.

É uma forma generosa de encarar o fato. Depois que ela sumiu, tive a sensação de que havia perdido a grande oportunidade da minha vida.

Quanto tempo passou antes que a visse de novo?

Quase um mês. Os dias se arrastavam, e eu não conseguia parar de pensar nela. Se eu soubesse que ela era aluna da escola de música Juilliard, poderia tê-la localizado, mas eu não sabia de nada. Ela não passou de uma linda aparição que olhou dentro dos meus olhos por alguns segundos e depois sumiu. Eu estava convencido de que nunca mais a veria. Os deuses me pregaram uma peça, e a garota por quem eu estava destinado a me apaixonar, a única pessoa que foi colocada neste mundo para dar algum sentido à minha vida, foi arrebatada de mim e lançada numa outra dimensão — um lugar inacessível, um lugar onde eu nunca teria permissão de entrar. Lembro que escrevi um poema comprido e ridículo sobre mundos paralelos, chances perdidas, as mancadas trágicas do destino. Vinte anos de idade, e eu já me sentia amaldiçoado.

Mas o destino estava do seu lado.

Destino, sorte, como você quiser chamar.

Onde aconteceu?

No metrô. Na linha expressa da Sétima Avenida. No sentido centro da cidade, na tarde de 27 de abril de 1955. O vagão estava lotado, mas o banco a meu lado estava vazio. Paramos na rua 66, as portas se abriram, e ela entrou. Como não havia outro banco disponível, sentou-se a meu lado.

Lembrou-se de você?

Uma vaga lembrança. Recordei a ela nosso rápido encontro na Broadway dias antes naquele mesmo mês, e então ela lembrou. Não tínhamos muito tempo. Eu estava a caminho do Village para encontrar uns amigos, mas Sonia ia descer na rua 42, portanto íamos ficar juntos só por três estações. Conseguimos nos apresentar e trocar telefones. Eu soube que ela estudava na Juilliard. Soube que era francesa mas tinha passado os primeiros doze anos de sua vida nos Estados Unidos. Seu inglês era perfeito, sem o menor sotaque. Quando experimentei um pouco do meu francês medíocre, o francês dela se revelou também uma perfeição. A gente deve ter conversado durante uns sete minutos, dez no máximo. Então ela saltou do vagão, e eu entendi que havia acontecido alguma coisa de monumental. Para mim, pelo menos. Eu não podia saber o que Sonia estava pensando ou sentindo, mas, depois daqueles sete ou dez minutos, eu sabia que tinha achado a minha escolhida.

Primeiro encontro. Primeiro beijo. Primeira... você sabe.

Liguei para ela na tarde seguinte. Mãos trêmulas... Acho que peguei o fone umas três ou quatro vezes antes de encontrar coragem para discar. Um restaurante italiano no West Village, não consigo mais lembrar o nome. Barato, eu não tinha muito dinheiro, e aquela era a primeira vez — é difícil acreditar —, a primeira vez que eu convidava uma garota para *jantar*. Nem dá para imaginar. Não tenho a mínima idéia da impressão que eu causava, mas consigo ver Sonia sentada na minha frente, com a sua blusa branca, os olhos verdes fixos, atenta, alerta, alegre, e aquela boca maravilhosa de lábios redondos, sorrindo, sorrindo muito, e a voz grave, uma voz ressonante que vinha de algum ponto no fundo do diafragma, uma voz extremamente sensual, eu achei, sempre achei, e depois a sua risada, que era muito mais alta, quase estridente às vezes, uma risada que parecia emergir da garganta, ou até da cabeça, e, sempre que algo fazia cosquinhas naquele ponto sensível do cotovelo dela — agora estou falando de um tempo depois, não daquela noite —, Sonia tinha um daqueles ataques de riso desvairados, e ria tanto que rolavam lágrimas dos seus olhos.

Eu lembro. Nunca vi ninguém rir como ela. Quando eu era pequena, às vezes ficava assustada. Vovó ria durante tanto tempo que eu achava que não ia parar nunca, que ia até morrer de tanto rir. Depois cresci e passei a gostar muito disso.

Pois é, lá estamos então, dois jovens de vinte anos, naquele restaurante na rua Bank, rua Perry, onde quer que fosse, no nosso primeiro encontro. Conversamos um bocado sobre uma porção de coisas, a maioria das quais eu já esqueci, mas lembro como fiquei comovido quando ela me contou sobre a sua família, sobre seus antepassados. A minha história parecia tão sem graça em comparação, com meu pai vendedor de móveis e minha mãe professora primária, os Brill da parte alta de Manhattan, que nunca chegaram a ser grande coisa na vida nem fizeram nada além de trabalhar e pagar o aluguel. O pai de Sonia era um biólogo pesquisador, um professor universitário, um dos principais cientistas da Europa. Alexandre Weil — um parente distante do compositor —, nascido em Estrasburgo, um judeu (como você já sabia), e portanto que grande lance de sorte quando a universidade de Princeton lhe ofereceu uma vaga em 1935 e ele teve o bom senso de aceitar. Se a família tivesse ficado na França durante a guerra, quem sabe o que teria acontecido com eles? A mãe de Sonia, Marie-Claude, nasceu em Lyon. Esqueci o que fazia o pai dela, mas os dois avôs eram pastores protestantes, o que significa que Sonia nada tinha da garota francesa típica. Nada de católicos, em nenhum lado, nada de Ave-Marias, nada de visitas ao confessionário. Marie-Claude conheceu Alexandre quando eram estudantes em Paris, e o casamento ocorreu no início da década de 20. Quatro filhos, ao todo: três meninos, e depois, cinco anos após o último menino, veio Sonia, a caçula do bando, a princesinha, que tinha só um mês quando a família partiu para os Estados Unidos. Não voltaram para Paris senão em 1947. Alexandre ganhou um posto importante no Instituto Pasteur — *Directeur* era o seu título, acho —, e Sonia acabou indo para o Lycée Fénelon. Já havia decidido ser cantora, e não quis terminar seu *bac*, mas os pais fizeram questão. Por isso ela foi para a Juilliard em vez de ir para o conservatório de Paris. Estava de saco cheio de ficar com os pais porque eles não largavam do pé dela, e meio que fugiu de casa. Mas tudo foi perdoado no final, e, na época em que conheci Sonia, a paz tinha voltado ao lar dos Weil. A família me recebeu muito bem. Acho que ficaram comovidos com o fato de eu ter vindo também de uma família mestiça — no meu caso, mãe judia e pai da Igreja episcopal —, e assim, segundo algum código místico e não escrito acerca de clãs e lealdade tribal, eles acharam que Sonia e eu formaríamos um bom par.

Você está indo muito depressa. Volte para 1955. O primeiro beijo. O momento em que você entendeu que Sonia gostava de você.

Uma lembrança bem clara, porque o contato físico aconteceu naquela mesma noite, em frente à porta do apartamento dela. Sonia dividia um apartamento na rua 114 com outras duas garotas da Juilliard, e, depois de levá-la de volta de metrô para a parte alta da cidade, eu a acompanhei até o seu edifício. Dois quarteirões pequenos, da rua 116 até a 114, mas durante aquele breve trajeto, ainda perto do início, depois de termos dado uns dez ou doze passos, sua avó passou o braço em volta do meu, e a emoção que senti naquele momento continua viva no coração do seu avô até hoje. Sonia tomou a iniciativa. Não havia nada abertamente erótico naquilo — uma simples declaração silenciosa de que gostava de mim, que havia gostado da nossa primeira noite juntos e que tinha a firme intenção de me ver novamente —, mas aquele gesto significou tanto... e me deixou tão contente que eu quase fui para o chão. Então, a porta. Dar boa-noite na porta, a cena clássica de todo começo de namoro. Beijar ou não beijar? Acenar com a cabeça ou apertar a mão? Passar os dedos no rosto dela? Tomar a garota nos braços e apertá-la? Tantas possibilidades, tão pouco tempo para decidir. Como adivinhar os desejos do outro, como penetrar nos pensamentos de alguém que a gente mal conhece? Eu não queria assustá-la agindo de modo muito afoito, mas também não queria que ela achasse que eu era um tipo tímido demais, que não sabia o que fazer. Então, o caminho do meio, que eu improvisei da seguinte maneira: pus as mãos nos ombros dela, me inclinei para a frente e para baixo (porque ela era mais baixa que eu) e apertei os lábios contra os dela — com bastante força. Sem nada de língua, nada de abraço apertado, mas um beijão bem firme em lugar de tudo isso. Ouvi um barulho surdo na garganta de Sonia, o som grave de um eme, *mmmm*, e então ela tomou fôlego depressa, o som mudou de registro, e veio algo parecido com uma risada. Recuei, vi que ela estava sorrindo e pus os braços em torno dela. Passado um instante, os braços dela estavam em torno de mim, e aí eu mergulhei para dar um beijo de verdade, um beijo francês, um beijo francês com uma garota francesa que de repente era a única pessoa que contava para mim. Só um, mas bem demorado, e depois, sem querer abusar, eu dei boa-noite e segui para a escada.

Pas mal, mon ami.

Um beijo para não esquecer nunca mais.

Agora eu preciso de uma aula de sociologia. Estamos falando de 1955, e, de tudo o que eu li e ouvi falar, a década de 50 não foi um período muito bom para os jovens. Estou falando de jovens e sexo. Hoje em dia, a maioria dos jovens começam a transar na adolescência e, quando chegam aos vinte anos, já são veteranos no assunto. Pois bem, lá está você, aos vinte anos. O seu primeiro encontro com Sonia acabou de terminar com um beijo triunfal, de dar água na boca. Os dois estavam obviamente muito a fim um do outro. Mas o bom senso dominante na época dizia: nada de sexo antes do casamento, ao menos para as garotas. Vocês só foram se casar em 1957. Não vai me dizer que se seguraram durante dois anos, vai?

Claro que não.

Que alívio.

O tesão é uma constante humana, o motor que faz o mundo girar, e mesmo naquele tempo, na idade das trevas de meados do século XX, os universitários trepavam feito coelhos.

Que jeito de falar, vovô.

Pensei que você gostasse.

É verdade. Eu gosto.

Por outro lado, não vou fingir que não havia uma porção de garotas que acreditavam no mito da noiva virgem, em geral garotas de classe média, as chamadas boas moças, mas também não devemos exagerar. A obstetra que fez o parto da sua mãe em 1960 já era médica fazia quase vinte anos. Quando estava suturando a episiotomia de Sonia depois que Miriam nasceu, ela me garantiu que ia fazer um belíssimo trabalho. Era uma especialista da agulha, disse, porque já tinha muita prática: de tanto costurar as garotas para a noite de núpcias, a fim de fazer os maridos acreditarem que haviam se casado com virgens.

Eu nunca soube disso...

Eram os anos 50. Sexo em toda parte, mas as pessoas fechavam os olhos e fingiam que não estava acontecendo. Pelo menos nos Estados Unidos. O que tornava as coisas diferentes para mim e para sua avó era o fato de ela ser francesa. Havia inúmeras hipocrisias na vida francesa, mas o sexo não era uma delas. Sonia voltou para Paris aos doze anos e ficou lá até os dezenove. Sua educação era muito mais adiantada que a minha, e ela estava preparada para fazer coisas que levariam as garotas americanas a fugir da cama aos gritos.

Como o quê?

Use a imaginação, Katya.

Você não vai me chocar, sabe disso. Estudei na universidade Sarah Lawrence, lembra? A capital do sexo do mundo ocidental. Estudei em período integral, acredite.

O corpo tem um número limitado de orifícios. Digamos apenas que exploramos todos eles.

Noutras palavras, a vovó era boa de cama.

É uma forma grosseira de dizer, mas, sim, ela era boa. Desinibida, à vontade no próprio corpo, sensível às mudanças e às guinadas dos seus próprios sentimentos. Toda vez que transávamos, parecia diferente da vez anterior. Num dia, impetuoso e dramático, no outro, lento e lânguido, e eram tantas surpresas, em tudo, nuances infinitas...

Lembro-me das mãos dela, da delicadeza das suas mãos quando ela me tocava.

Mãos delicadas, sim. Mas fortes também. Mãos sensatas. Era assim que eu pensava nas mãos dela. Mãos que podiam falar.

Vocês moraram juntos antes de casar?

Não, não, isso estava fora de questão. A gente teve de agir às escondidas por muito tempo. Isso tinha seus aspectos excitantes, mas na maior parte das vezes era frustrante. Eu ainda morava com meus pais em Washington Heights, portanto não tinha um apartamento para mim. E Sonia tinha duas colegas de quarto. Íamos para lá toda vez que elas saíam, mas isso não acontecia com freqüência suficiente para nos contentar.

Mas e os hotéis?

Não era possível. Mesmo que tivéssemos dinheiro para pagar, era perigoso demais. Havia leis em Nova York que tornavam ilegal o encontro de casais solteiros sozinhos no mesmo quarto. Todo hotel tinha um detetive — o olheiro do hotel —, e quem fosse apanhado ia para a cadeia.

Adorável.

Então, o que fazer? Sonia tinha morado em Princeton quando era criança, e ainda tinha uns amigos por lá. Havia um casal — os Gontorski, jamais vou esquecer —, um professor de física e sua esposa, refugiados da Polônia que adoravam Sonia e não davam a menor bola para os costumes sexuais americanos. Deixavam que a gente ficasse no seu quarto de hóspedes nos fins de semana. E além disso havia o sexo ao ar livre, o sexo no calor, em campos abertos e pastos, fora da cidade. Um grande componente de risco. Uma pessoa acabou nos vendo sem roupa no meio de uns arbustos, e depois disso a gente ficou com medo e parou de se arriscar desse jeito. Sem os Gontorski, teríamos passado o maior sufoco.

Por que vocês não se casaram de uma vez? Naquela hora mesmo, quando ainda eram estudantes.

O recrutamento para o serviço militar. Na hora que eu me formasse na faculdade, iria ser chamado para o exame físico, e a gente calculava que eu teria de passar dois anos no exército. Sonia já cantava profissionalmente quando eu estava na última série, e o que iria acontecer se me mandassem para a Alemanha Ocidental ou para a Groenlândia ou para a Coréia do Sul? Eu não podia pedir a ela que fosse comigo. Não seria justo.

Mas você nunca entrou para o exército, não é? Afinal, se casou em 1957.

Não passei no exame médico. Um diagnóstico errado, como se viu mais tarde — mas não importa, eu estava livre, e um mês depois nos casamos. Não tínhamos muito dinheiro, é claro, mas a situação também não era desesperadora. Sonia havia largado a Juilliard e começado sua carreira, e, na época em que terminei a faculdade, eu já tinha publicado um punhado de artigos e resenhas. Sublocamos um apartamento apertado em Chelsea, suamos muito durante um verão em Nova York, e então o irmão mais velho de Sonia, Patrice, um engenheiro civil, foi contratado para construir uma barragem em algum lugar da África e nos ofereceu o apartamento dele em Paris, sem aluguel. Fomos direto para lá. Na mesma hora em que chegou o telegrama, já começamos a fazer as malas.

Não estou interessada em negócios imobiliários e já sei a história da carreira de vocês. Quero que me conte as coisas importantes. Como ela era? Como era estar casado com ela? Vocês se davam muito bem? Brigavam às vezes? O dia-a-dia, vovô, e não uma série de fatos superficiais.

Tudo bem, deixe-me mudar de marcha e pensar um instante. Como Sonia era? O que descobri a respeito dela, depois do casamento, que eu não sabia antes? Contradições. Complexidades. Uma escuridão que se revelou aos poucos ao longo do tempo e me levou a reavaliar quem ela era. Eu a amava loucamente, Katya, você tem de entender isso, e não estou criticando Sonia por ser quem ela era. É só que, quando passei a conhecê-la melhor, me dei conta de quanto sofrimento ela trazia dentro de si. De muitas formas, sua avó era uma pessoa extraordinária. Carinhosa, gentil, leal, generosa, cheia de bom humor, com uma tremenda capacidade de amar. Mas de vez em quando ela se desligava, às vezes bem no meio de uma conversa, e começava a olhar para o vazio, com aquela expressão sonhadora nos olhos, e era como se já não me conhecesse. De início, imaginei que ela estivesse pensando em alguma coisa profunda, ou lembrando algo que lhe acontecera, mas, quando por fim perguntei o que passava pela sua cabeça naqueles momentos, ela sorriu para mim e disse: Nada. Era como se todo o seu ser fosse esvaziado e ela perdesse contato consigo mesma e com o mundo. Todos os instintos e impulsos dela em relação aos outros eram profundos, misteriosamente profundos, mas sua relação consigo mesma era estranhamente rasa. Sonia tinha uma boa cabeça, mas era fundamentalmente pouco instruída, e tinha dificuldade para elaborar um raciocínio, não conseguia se concentrar em nada por muito tempo. A não ser na sua música, que era a coisa mais importante na vida dela. Acreditava no seu talento, mas ao mesmo tempo conhecia suas limitações e se recusava a cantar peças cuja boa execução julgava estar fora da sua capacidade. Eu admirava a honestidade dela, mas nisso havia também algo de triste, como se ela se considerasse de segunda categoria, sempre condenada a ficar um ponto ou dois abaixo das melhores. Por isso ela nunca representava em nenhuma ópera. *Lieder*, trabalho em conjunto em peças corais, solos em cantatas que não exigiam muito — mas ela nunca impôs a si própria nada além disso. Se nós brigávamos? Claro que brigávamos. Todos os casais brigam, mas ela nunca se mostrava malévola ou cruel quando discutíamos. Na maioria das vezes, tenho de admitir, acertava em cheio nas críticas que me fazia. Para uma francesa, ela se revelou uma cozinheira bastante desleixada, mas gostava de boa comida, portanto com muita freqüência comíamos em restaurantes. Uma dona-de-casa indiferente, absolutamente nenhum interesse em possuir bens — digo isso como um elogio —, e, embora fosse uma jovem linda, com um corpo encantador, não se vestia muito bem. Adorava roupas, mas parecia que nunca escolhia as roupas certas. Para ser franco, às vezes eu me sentia solitário com ela, solitário no meu trabalho, pois todo o meu tempo era consumido em ler e escrever sobre livros e ela não lia muito, e, sobre aquilo que ela lia de fato, achava difícil conversar depois.

Estou com a impressão de que você se sentiu frustrado.

Não, frustrado não. Longe disso. Dois recém-casados se adaptando pouco a pouco aos pontos fracos um do outro, as revelações da intimidade. Em suma, foi um tempo feliz para mim, para nós dois, sem queixa séria alguma de nenhuma das partes, e depois a tal barragem na África ficou pronta, e voltamos para Nova York, com Sonia grávida de três meses.

Onde vocês moravam?

Pensei que não estava interessada em negócios imobiliários.

É isso mesmo, não estou. Retiro a pergunta.

Numa porção de lugares ao longo dos anos. Mas, quando sua mãe nasceu, nosso apartamento ficava na rua 84 Oeste, logo depois da Riverside Drive. Uma das ruas mais pomposas da cidade.

Que tipo de bebê ela era?

Fácil e difícil. Berrava e ria. Uma tremenda diversão e um tremendo pé no saco.

Noutras palavras, um bebê.

Não. O bebê dos bebês. Porque era o *nosso* bebê, e o *nosso* bebê era diferente de qualquer outro bebê no mundo.

Quanto tempo a vovó esperou até voltar a cantar em público?

Parou de viajar durante um ano, mas já estava de novo cantando em Nova York quando Miriam tinha só três meses. Você sabe que boa mãe ela era — sua mãe deve ter lhe contado umas cem vezes —, mas ela também tinha o seu trabalho. Foi para isso que nasceu, e eu nunca sequer sonharia em tentar contê-la. No entanto, Sonia tinha lá suas dúvidas, em especial no início. Certo dia, quando Miriam estava com seis meses de idade, eu entrei no quarto, e lá estava Sonia, de joelhos ao lado da cama, as mãos juntas, a cabeça levantada, murmurando consigo em francês. A essa altura, o meu francês já era muito bom, e compreendi tudo o que ela dizia. Para meu espanto, ficou claro que estava rezando. Deus do céu, me dê um sinal e me diga o que fazer com a minha garotinha. Deus do céu, preencha o vazio dentro de mim e me ensine como amar, me controlar, me entregar aos outros. Tinha o aspecto e a voz de uma criança, uma criança pequena e de mente simples, e devo dizer que fiquei um pouco chocado com aquilo — mas também comovido, profundamente, profundamente comovido. Era como se uma porta se abrisse e eu olhasse para uma nova Sonia, uma pessoa diferente daquela que eu conhecia havia cinco anos. Quando ela se deu conta de que eu estava no quarto, virou-se e me dirigiu um sorriso constrangido. Desculpe, disse, eu não queria que você soubesse. Eu me aproximei da cama e sentei. Não precisa se desculpar, disse. Estou só um pouco perplexo, só isso. Tivemos uma longa conversa em seguida, de uma hora pelo menos, os dois sentados lado a lado na cama, discutindo os mistérios da sua alma. Sonia explicou que aquilo tinha começado no final da gravidez, na metade do sétimo mês. Ela estava andando pela rua uma tarde, a caminho de casa, quando de repente um sentimento de alegria surgiu dentro dela, uma alegria inexplicável, avassaladora. Era como se o universo inteiro estivesse se derramando dentro do seu corpo, disse, e naquele instante ela compreendeu que tudo estava ligado a tudo, que todas as pessoas do mundo estavam ligadas a todas as pessoas do mundo, e aquela força coesiva, aquele poder que mantinha tudo e todos juntos, era Deus. Era a única palavra em que ela conseguia pensar. Deus. Não um Deus judeu ou cristão, não o Deus de nenhuma religião, mas Deus como a presença que anima toda a vida. Depois disso ela passou a falar com ele, contou, convencida de que ele podia ouvir o que ela estava dizendo, e aqueles monólogos, aquelas preces, aquelas súplicas — como quiser chamar — sempre a confortavam, sempre a repunham em equilíbrio consigo mesma. Vinha acontecendo já fazia meses, àquela altura, mas ela não queria me contar porque tinha medo de que eu achasse que era uma tola. Eu era tão mais sabido que ela, tão superior a ela quando se tratava de questões intelectuais — palavras dela, não minhas —, e ela teve receio de que eu soltasse a maior gargalhada e risse da minha esposa ignorante quando ela me contasse que havia descoberto Deus. Não ri. Por mais rude que eu fosse, não ri. Sonia tinha o seu próprio modo de pensar e o seu próprio modo de fazer as coisas, e quem era eu para zombar dela?

Eu estive perto dela a vida inteira, mas ela nunca me falou sobre Deus, nem uma vez.

Isso é porque ela parou de acreditar. Quando nosso casamento se desfez, ela teve a sensação de que Deus a abandonara. Isso aconteceu faz muito tempo, meu anjo, muito antes de você nascer.

Coitada da vovó.

É, coitada da vovó.

Eu tenho uma teoria sobre o casamento de vocês. Minha mãe e eu conversamos sobre isso, e ela tende a concordar comigo, mas eu preciso de uma comprovação, da informação de cocheira. Como você reagiria se eu dissesse: Você e a vovó se divorciaram por causa da carreira dela?

Minha resposta seria: Absurdo.

Muito bem, não a carreira dela *per se*. O fato de ela viajar tanto.

Eu diria que você está chegando mais perto — mas só como uma causa indireta, um fator secundário.

Minha mãe conta que ela detestava quando a vovó viajava em turnê. Ela perdia o controle e chorava, e gritava, implorava para a vovó não ir. Cenas histéricas... sofrimento puro... em todas as separações...

Aconteceu uma ou duas vezes, mas eu não daria muita importância a isso. Quando Miriam era bem pequena, digamos entre um e seis anos, Sonia nunca ficava fora por mais de uma semana a cada vez. Minha mãe vinha para nossa casa para cuidar da Miriam, e as coisas corriam muito bem. Sua bisavó tinha jeito para lidar com crianças pequenas, adorava Miriam — sua única neta —, e Miriam adorava quando ela aparecia. Estou lembrando tudo agora... as coisas engraçadas que sua mãe fazia. Quando tinha três ou quatro anos, ela ficou fascinada pelos seios da avó. Eram realmente enormes, devo admitir, pois minha mãe tinha virado uma matrona bem corpulenta naquela época. Sonia era pequena na parte de cima, com uns seios de adolescente que só tomaram corpo no período em que ela amamentou Miriam, mas, depois que sua mãe parou de mamar, eles ficaram ainda menores do que antes da gravidez. O contraste era a coisa mais chocante do mundo, e Miriam não podia deixar de notar. Minha mãe tinha um peito volumoso, umas vinte vezes o peito de Sonia. Um sábado de manhã, ela e Miriam estavam sentadas no sofá, juntas, vendo desenhos animados. Veio o anúncio de uma pizza que terminava com as palavras: Puxa, isso é que é uma pizza! Logo depois, sua mãe se virou para minha mãe, cravou a boca no seio direito da avó e então soltou um grito: Puxa, *isso* é que é uma pizza! Minha mãe riu tão forte que soltou um peido, um peido gigantesco, um verdadeiro toque de clarim. Isso levou Miriam a rir tão desvairadamente que ela fez xixi nas calças. Pulou do sofá e desatou a correr pela sala, berrando com toda a força dos pulmões: Peido-xixi, peido-xixi, *oui*, *oui*, *oui*!

Você está inventando.

Não, aconteceu de verdade, juro. O único motivo por que estou contando é para mostrar a você que a casa não tinha nada de tristonha quando Sonia estava fora. Miriam não vagava cabisbaixa se sentindo uma espécie de Oliver Twist rejeitado. Ficava muito bem a maior parte do tempo.

E quanto a você?

Eu aprendi a conviver com isso.

Parece uma resposta evasiva.

Houve períodos diferentes, estágios diferentes, e cada um tinha sua densidade própria. No início, Sonia era relativamente desconhecida. Cantou um pouco em Nova York antes de nos mudarmos para Paris, mas teve de começar tudo outra vez na França, e então, na hora que as coisas pareciam estar tomando um certo impulso, nós voltamos para os Estados Unidos e ela teve de começar mais uma vez. No fim, tudo funcionou a seu favor, pois Sonia ficou conhecida aqui e na Europa. Mas demorou um tempo para ela criar uma reputação. O momento crucial veio em 67 ou 68, quando ela assinou um contrato para fazer aqueles discos com a gravadora Nonesuch, mas até então Sonia não viajava tantas vezes assim. Eu me senti muito dividido. De um lado, ficava feliz por ela toda vez que era contratada para se apresentar numa nova cidade. De outro lado — exatamente igual à sua mãe — eu detestava ver Sonia partir. A única opção era aprender a conviver com aquilo. Não é evasão, é um fato.

Você era fiel...

Totalmente.

E quando começou a escorregar?

Desgarrar-se é provavelmente a palavra para usar no contexto.

Ou *decair*. Tem uma conotação espiritual que parece adequada.

Muito bem, decair. Por volta de 1970, acho. Mas não tinha nada de espiritual. Era tudo sexo, sexo puro e simples. Veio o verão, e Sonia se foi numa turnê de três meses pela Europa — com a sua mãe, aliás —, e lá fiquei eu, sozinho, ainda aos trinta e cinco anos de idade, os hormônios roncando a todo vapor, sem mulher, em Nova York. Eu dava duro todo dia, mas as noites eram vazias, sem cor, estagnadas. Comecei a sair por aí com um bando de jornalistas esportivos, a maioria deles bons de copo, jogando pôquer até três da madrugada, indo a bares, não porque eu gostasse deles em especial, mas era alguma coisa para fazer, e eu precisava de alguma companhia depois de ficar em casa sozinho o dia inteiro. Certa noite, depois de mais uma sessão de bebedeira num bar, eu estava indo a pé para casa, do centro da cidade para o Upper West Side, e avistei uma prostituta na porta de um prédio. Uma garota muito bonita, por sinal, e eu estava bêbado o suficiente para aceitar a proposta dela de uns bons momentos. Isso está deixando você constrangida?

Um pouco.

Eu não tinha a intenção de lhe dar detalhes. Só uma idéia geral.

Tudo bem. O erro foi meu. Transformei esta conversa numa Hora da Verdade na Noite dos Desesperados, e, agora que começamos, o melhor é ir em frente.

Então, vou em frente?

Sim, continue a contar a história.

Então eu tive meus bons momentos, que no final nem foram bons momentos, mas, depois de dormir quinze anos com a mesma mulher, descobri que era fascinante tocar outro corpo, sentir uma carne diferente da carne que eu conhecia. Essa foi a descoberta daquela noite. A novidade de estar com outra mulher.

Você se sentiu culpado?

Não. Considerei aquilo uma experiência. Uma lição aprendida, por assim dizer.

Então a minha teoria está certa. Se a vovó ficasse em casa, em Nova York, você nunca teria pagado aquela garota para dormir com você.

Nesse caso em especial, sim. Mas na nossa derrocada houve mais que infidelidade, mais que as ausências de Sonia. Há anos que penso nisso, e a única explicação semi-razoável que encontrei é que existe algo errado comigo, uma falha no mecanismo, uma parte danificada que emperra as engrenagens. Não estou falando de fraqueza moral. Estou falando da minha cabeça, da minha constituição mental. Agora sou um pouco melhor, acho, o problema pareceu diminuir à medida que fui ficando mais velho, mas naquele tempo, aos trinta e cinco, trinta e oito, quarenta, eu andava com a sensação de que a minha vida nunca havia pertencido de fato a mim, que eu nunca havia existido de fato, que eu nunca tinha sido real. E, como eu não era real, não entendia o efeito que eu tinha sobre os outros, o dano que eu podia causar, a mágoa que eu podia infligir às pessoas que me amavam. Sonia era o meu chão, minha única ligação concreta com o mundo. Estar com ela me tornou melhor do que eu era na verdade — mais saudável, mais forte, mais são —, e, como começamos a morar juntos quando éramos muito jovens, a falha ficou mascarada durante todos aqueles anos, e eu supus que eu fosse como todo mundo. Mas não era. Na hora que comecei a me afastar dela, a atadura que cobria minha ferida caiu, e aí o sangramento não quis mais parar. Saí atrás de outras mulheres porque sentia que havia perdido alguma coisa e tinha de recuperar o tempo perdido. Agora estou falando de sexo, nada mais que sexo, mas não era possível sair por aí e agir do jeito que eu agia e ainda esperar que meu casamento continuasse de pé. Eu enganava a mim mesmo pensando que seria assim.

Não se deteste tanto assim, vovô. Ela aceitou você de volta, lembra?

Eu sei... mas todos aqueles anos desperdiçados. Pensar nisso me deixa louco. Meus namoricos, minhas sacanagens babacas. Que foi que isso me trouxe? Umas poucas emoções baratas, nada de importância verdadeira — mas não há dúvida de que elas lançaram as bases para o que veio em seguida.

Oona McNally.

Sonia tinha tanta confiança e eu era tão discreto que a nossa vida juntos corria sem nenhuma perturbação grave. Ela não sabia e eu não contava, e nem por um segundo eu pensava em deixar Sonia. Então, em 1974, escrevi uma resenha favorável para o primeiro romance de uma jovem escritora americana. *Expectativa*, da já citada O. M. Era um livro impressionante, eu achei, muito original e escrito com grande domínio, uma estréia forte e promissora. Eu não sabia nada sobre a autora — só que tinha vinte e seis anos e morava em Nova York. Li o livro em provas, e, como na década de 70 as provas não traziam a foto do autor, eu nem sabia qual era a sua aparência. Uns quatro meses depois, fui a uma leitura de poemas na Gotham Book Mart (sem Sonia, que estava em casa com Miriam), e, quando a leitura terminou e todos começamos a descer a escada, alguém me puxou pelo braço. Oona McNally. Queria me agradecer pela resenha simpática que eu havia escrito sobre o seu romance. Foi só isso, mais nada, mas fiquei tão impressionado com a aparência dela — alta e flexível, um rosto delicado, a segunda encarnação de Virginia Blaine — que a convidei para tomar um drinque. Àquela altura, quantas vezes eu já havia traído Sonia? Três ou quatro transas de uma só noite, e um minicaso que mal chegou a durar duas semanas. Não era um catálogo de arrepiar, comparado ao de alguns homens, mas o bastante para me ensinar a estar preparado para agarrar as oportunidades toda vez que se apresentassem. Mas aquela garota era diferente. Não dava para dormir com Oona McNally e dar atélogo na manhã seguinte — a gente se apaixonava por ela, queria que ela fizesse parte da vida da gente. Não vou chatear você com circunstâncias de mau gosto. Os jantares clandestinos, as longas conversas em bares afastados, a lenta sedução mútua. Ela não pulou nos meus braços imediatamente. Tive de ir atrás dela, ganhar sua confiança, persuadi-la de que era possível um homem estar apaixonado por duas mulheres ao mesmo tempo. Eu ainda não tinha a menor intenção de abandonar Sonia, entende? Eu queria as duas. Minha esposa há dezessete anos, minha companheira, meu amor mais profundo, a mãe da minha única filha — e aquela jovem feroz, com uma inteligência ardente, aquele encanto erótico novo, uma mulher com quem eu poderia, enfim, dividir meu trabalho e conversar sobre livros e idéias. Comecei a parecer um personagem de romance do século XIX: um casamento sólido numa caixa, uma amante cheia de vida numa outra caixa, e eu, o grande mágico, entre as duas, empregando toda a minha habilidade para nunca abrir as duas caixas ao mesmo tempo. Durante vários meses consegui manter aquela situação sob controle, e eu já não era um simples mágico, era também um trapezista, fazia piruetas na corda bamba, num vaivém da angústia para o êxtase todos os dias, cada vez mais seguro de que nunca iria cair.

E então?

Dezembro de 1974, dois dias depois do Natal.

Você caiu.

Caí. Sonia deu um recital de Schubert na rua 92 naquela noite e, quando voltou para casa, me contou que sabia.

Como ela descobriu?

Não quis contar. Mas todos os fatos estavam corretos, e achei que não fazia sentido negar. Mas o que eu lembro melhor daquela conversa foi como Sonia se manteve tranqüila — ao menos até o final, quando parou de falar. Não chorou nem gritou, não fez cena, não me esmurrou nem jogou objetos no chão. Você tem de escolher, disse. Estou disposta a perdoar você, mas tem de ir agora mesmo falar com aquela garota e desmanchar seu caso com ela. Não sei o que vai acontecer conosco, não sei se vamos ser os mesmos outra vez. Neste momento, tenho a sensação de que você me apunhalou no peito e rasgou meu coração. Você me matou, August. Está olhando para uma mulher morta, e a única razão para eu fingir que continuo viva é porque Miriam precisa da mãe. Eu sempre te amei, sempre achei que você era um homem com uma grande alma, mas agora vejo que não passa de mais um mentiroso de merda. Como é que você pôde fazer uma coisa dessas, August?... Aí a sua voz ficou embargada, ela escondeu o rosto entre as mãos e começou a chorar. Sentei-me ao lado dela no sofá e pus o braço em volta do seu ombro, mas ela me empurrou. Não me toque, disse. Não chegue perto de mim até que tenha falado com aquela garota. Se você não voltar esta noite, não precisa voltar... nunca mais.

Você voltou?

Infelizmente, não.

Isso está ficando muito sinistro, não acha?

Eu paro, se você quiser. Podemos conversar sobre outras coisas.

Não, continue. Mas vamos dar um salto, está bem? Não precisa me contar seu casamento com Oona. Sei que a amava, sei que passou uma temporada turbulenta com ela e que ela trocou você por um pintor alemão. Klaus não sei das quantas.

Bremen.

Klaus Bremen. Sei que para você foi muito duro, sei que passou por um período ruim de verdade.

O período do álcool. Sobretudo uísque, uísque de malte.

E também não precisa falar dos seus problemas com a minha mãe. Ela me contou. Esses problemas já terminaram, e não há motivo para relembrar tudo isso, não é?

Se você está dizendo.

A única coisa que eu quero saber é como você e a vovó voltaram a viver juntos.

A questão aqui é só ela, não é?

Tem de ser. Porque é ela que não está mais aqui.

Nove anos separados. Mas eu nunca me voltei contra ela. Arrependimento e remorso, autodesprezo, o veneno corrosivo da incerteza, foram essas coisas que minaram meus anos com Oona. Sonia fazia parte de mim de maneira exagerada e, mesmo depois do divórcio, ela continuava presente, ainda falava comigo na minha cabeça — a ausente sempre presente, como eu às vezes a chamo agora. Ficamos em contato, é claro, tínhamos de ficar, por causa da Miriam, a logística da guarda compartilhada, as combinações do fim de semana, as férias de verão, a escola secundária e a faculdade, e, à medida que nos adaptávamos lentamente às novas circunstâncias, eu sentia que a raiva que Sonia tinha de mim ia virando uma espécie de pena. Coitado do August, o rei dos bobos. Ela saía com outros homens. Isso nem é preciso dizer, *n'est-ce pas*? Tinha só quarenta anos quando eu a deixei, ainda estava radiante, a mesma garota formidável que sempre foi, e um dos namoros dela se tornou algo até bastante sério, acho, mas sua mãe na certa sabe mais que eu a respeito disso. Quando Oona caiu fora com o tal pintor alemão, fiquei arrasado. Sua referência cuidadosa a um *período ruim* não serve nem para dar uma idéia do quanto foi ruim. Não vou agora fazer uma análise profunda daqueles anos, prometo, mas mesmo naquele tempo, em que fiquei completamente sozinho, nunca me passou pela cabeça tentar reatar com Sonia. Isso foi em 1981. Em 1982, alguns meses antes do casamento dos seus pais, ela me escreveu uma carta. Não sobre nós, mas sobre a sua mãe, estava preocupada porque achava Miriam jovem demais para casar, que ela ia cometer o mesmo erro que nós havíamos cometido quando tínhamos vinte e poucos anos. Muito perspicaz, é claro, mas sua avó sempre teve faro para esse tipo de coisa. Escrevi de volta e disse que ela provavelmente tinha razão, mas, mesmo se tivesse razão, não havia nada que pudéssemos fazer. A gente não pode se meter nos sentimentos dos outros, muito menos nos da nossa própria filha, e a verdade é que os filhos não aprendem nada com os erros dos pais. Temos de deixar que vivam por si mesmos, que metam a cara no mundo para cometer seus próprios erros. Essa foi a minha resposta, e então concluí a carta com um comentário bastante banal: A única coisa que podemos fazer é torcer para que dê certo. No dia do casamento, Sonia chegou perto de mim e disse: Estou torcendo para que dê certo. Se eu tivesse de apontar o momento exato em que nossa reconciliação começou, escolheria esse, o momento em que sua avó me disse aquelas palavras. Foi um dia importante para nós dois — o casamento da nossa filha —, e havia muita emoção no ar — felicidade, angústia, nostalgia, toda uma série de sentimentos —, e nem eu nem ela estávamos num clima de guardar rancor. Àquela altura, eu ainda estava um caco, nem de longe recuperado da debacle de Oona, mas Sonia também estava passando por um mau bocado. Tinha se aposentado como cantora naquele ano, um pouco antes, e, como vim a descobrir mais tarde por intermédio da sua mãe (Sonia nunca compartilhava comigo os segredos da sua vida privada), ela havia se separado de um homem não fazia muito tempo. Assim, além de tudo o mais, nós dois estávamos pra baixo naquele dia, e ver um ao outro produziu em alguma medida um efeito consolador. Dois veteranos que combateram na mesma guerra vêem a filha partir para uma nova guerra, só dela. Dançamos juntos, falamos sobre os velhos tempos e, durante alguns momentos, chegamos a ficar de mãos dadas. Então a festa acabou, e todo mundo foi embora, mas eu lembro que, quando voltei para Nova York, pensei que estar com ela naquele dia foi a melhor coisa que havia acontecido comigo desde muito tempo. Nunca tomei uma decisão consciente sobre isso, mas certa manhã, mais ou menos um mês depois, acordei e me dei conta de que queria ver Sonia de novo. Só isso, nada mais. Queria reconquistá-la. Sabia que minhas chances eram provavelmente nulas, mas também sabia que tinha de fazer uma tentativa. Por isso telefonei.

Foi simples assim? Pegou o telefone e ligou para ela?

Não sem trepidação. Não sem um nó na garganta e um bolo no estômago. Foi uma repetição exata da primeira vez que telefonei para ela — vinte e sete anos antes. Eu estava novamente com vinte anos de idade, um jovem nervoso, apaixonado, tomando coragem para ligar para a garota dos seus sonhos e convidá-la para sair. Devo ter ficado olhando para o aparelho durante uns dez minutos, mas, quando afinal disquei o número, Sonia não estava em casa. A secretária eletrônica respondeu, e fiquei tão abalado com o som da voz dela que desliguei o telefone. Relaxe, disse a mim mesmo, está se comportando como um idiota, portanto disquei o número outra vez e deixei uma mensagem. Nada de rebuscado. Só que queria falar com ela sobre um assunto, que esperava que ela estivesse bem, e que eu ia ficar em casa o dia inteiro.

Ela ligou de volta — ou você teve de tentar de novo?

Ela ligou. Mas isso não provava nada. Sonia não tinha a menor idéia do que eu queria conversar. Até onde ela sabia, podia ser alguma coisa sobre Miriam — ou algum assunto prático, trivial. Em todo caso, sua voz pareceu calma, um tanto reservada, mas sem aspereza. Eu lhe disse que havia ficado pensando sobre ela e queria saber como estava. Vou levando, disse ela, ou outras palavras do tipo. Foi bom ver você no casamento, disse eu. Foi, sim, respondeu ela, foi um dia especial, ela gostara muito. E ficamos assim, nesse vaivém, um pouco tateantes, dos dois lados, educados e cautelosos, ninguém se atrevia a dizer muita coisa. Então lancei a pergunta: ela gostaria de jantar comigo naquela semana? *Jantar*? Quando repetiu a palavra, pude sentir a incredulidade na sua voz. Veio uma longa pausa depois disso, e então Sonia disse que não tinha certeza, precisava pensar melhor. Não insisti. O importante era não exagerar. Eu a conhecia bem demais, e, se eu começasse a insistir, o mais provável é que ela recuasse. Deixamos as coisas nesse pé. Eu lhe disse que se cuidasse e me despedi.

Um início pouco promissor.

É. Mas podia ter sido pior. Ela não recusou o convite, apenas não sabia se devia aceitar ou não. Meia hora depois, o telefone tocou de novo. É claro que vou jantar com você, disse Sonia. Pediu desculpas por ter hesitado, mas é que eu a pegara desprevenida e ela havia ficado totalmente atordoada. Assim, marcamos nosso jantar, e esse foi o início de uma dança longa e delicada, um minueto de desejo, medo e rendição, que se prolongou por mais de dezoito meses. Foi preciso todo esse tempo para que voltássemos a morar juntos, mas Sonia não quis de maneira alguma se casar comigo outra vez, mesmo que ficássemos juntos mais vinte e um anos. Não sei se vocês sabiam disso. Eu e sua avó vivemos em pecado até o dia em que ela morreu. O casamento nos trouxe azar, dizia ela. Tentamos uma vez e vimos o que aconteceu, então por que não seguir um caminho diferente? Depois de lutar tanto para ter Sonia de volta, fiquei feliz de cumprir as regras estabelecidas por ela. Eu lhe pedia em casamento todo ano, no dia do seu aniversário, mas aquelas declarações não passavam de mensagens cifradas, um sinal de que ela podia continuar confiando em mim por tempo ilimitado. Tem tanta coisa que nunca entendi em Sonia, tem tanta coisa que nem ela entendia em si mesma. Essa segunda conquista foi um negócio árduo, um homem cortejando a ex-esposa, e a ex-esposa fazendo jogo duro, sem ceder um milímetro, sem saber o que queria, num vaivém entre a tentação e a repulsa, até que finalmente ela acabou se rendendo. Demorou meio ano para a gente, afinal, ir para a cama. A primeira vez que fizemos amor, ela deu risada quando terminou, teve um daqueles loucos ataques de riso, e esse durou tanto tempo que comecei a ficar assustado. A segunda vez que fizemos amor, ela chorou, soluçou com o rosto metido no travesseiro por mais de uma hora. Tantas coisas tinham mudado para ela. A voz perdera aquele traço indefinível que era a sua marca, aquela pontada frágil e cristalina de um sentimento desenfreado, o deus oculto que havia falado através dela — tudo aquilo tinha acabado agora, e Sonia sabia, mas desistir da sua carreira fora um golpe muito difícil, e ela ainda estava se adaptando a isso. Agora Sonia lecionava, dava aulas particulares de canto no seu apartamento, e havia muitos dias em que não tinha nenhum interesse em me ver. Outros dias telefonava num ataque de desespero: Venha agora, tenho de ver você agora. Éramos amantes outra vez, provavelmente mais íntimos do que tínhamos sido na primeira temporada, mas Sonia queria manter as nossas vidas separadas. Eu queria mais, porém ela não queria ceder. Havia uma fronteira que ela não atravessava, e então, um ano e meio depois, alguma coisa aconteceu, e tudo mudou de uma hora para outra.

O que foi?

Você.

Eu? Como assim, *eu*?

Você nasceu. Sua avó e eu tomamos o trem para New Haven, e estávamos lá quando sua mãe entrou em trabalho de parto. Não quero exagerar nem parecer desbragadamente sentimental, mas, quando Sonia pegou você no colo pela primeira vez, olhou para mim e, quando eu vi o rosto dela — estou gaguejando, buscando as palavras exatas — o rosto dela... estava iluminado. Lágrimas rolavam pelas bochechas. Ela sorria, sorria e ria, e parecia que estava cheia de luz. Algumas horas mais tarde, depois que voltamos para o hotel, ficamos deitados na cama, no escuro. Ela pegou em minha mão e disse: Quero que você venha morar comigo, August. Assim que voltarmos para Nova York, quero que você se mude e fique comigo para sempre.

Eu fiz isso.

Você fez isso. Foi você quem nos uniu outra vez.

Bem, pelo menos consegui fazer uma coisa na minha vida. Pena que eu só tivesse cinco minutos de vida e nem soubesse o que estava fazendo.

O primeiro de muitos feitos importantes, e muitos outros ainda estão por vir.

Por que a vida é tão horrível, vovô?

Porque é, só isso. É, e pronto.

Tantos períodos ruins entre você e a vovó. Tantos períodos ruins entre minha mãe e meu pai. Mas pelo menos vocês se amavam e tiveram sua segunda chance. Pelo menos minha mãe amava meu pai o bastante para se casar com ele. Eu nunca amei ninguém.

Do que está falando?

Tentei amar Titus, mas não consegui. Ele me amava, mas eu não consegui corresponder ao seu amor. Por que acha que ele entrou naquela empresa idiota e foi embora?

Para ganhar dinheiro. Ele ia tirar um ano para juntar quase cem mil dólares. É um bocado de dinheiro para um jovem de vinte e quatro anos de idade. Tive uma longa conversa com Titus, antes de ele partir. Ele sabia que estava correndo risco, mas acreditava que valia a pena.

Ele partiu por minha causa. Você não entende isso, não? Eu disse a ele que não queria mais vê-lo, e então ele foi embora e acabou morrendo. Morreu por minha causa.

Não pode pensar desse jeito. Ele morreu porque estava no lugar errado, na hora errada.

E fui eu que o coloquei lá.

Você não tem nada a ver com essa história. Pare de se torturar desse jeito, Katya. Já passou tempo bastante.

Não consigo me controlar.

Já faz nove meses que você está aqui, e não está adiantando nada. Acho que chegou a hora de uma mudança.

Não quero que nada mude.

Já pensou em voltar a estudar no outono?

De vez em quando eu penso. Não tenho certeza de que estou pronta.

As aulas só vão recomeçar daqui a quatro meses.

Eu sei. Mas, se eu quiser voltar, tenho de avisar a eles na semana que vem.

Avise. Se não ficar a fim, pode mudar de idéia no último minuto.

Vou cuidar disso.

Nesse meio-tempo, temos de dar uma sacudida por aqui. A idéia de uma viagem interessa a você?

Para onde iríamos?

Para onde você quiser, por quanto tempo quiser.

E minha mãe? Não podemos simplesmente deixar minha mãe sozinha.

As aulas dela terminam no mês que vem. Nós três podíamos viajar juntos.

Mas ela está trabalhando no seu livro. Quer terminá-lo neste verão.

Ela pode escrever enquanto estivermos na estrada.

Na estrada? Mas você não pode dirigir. Sua perna ia doer demais.

Eu estava pensando num trailer de camping. Não tenho idéia de quanto custam essas coisas, mas estou com um bom dinheiro no banco. A receita da venda do meu apartamento em Nova York. Tenho certeza que dá para comprar um desses. Se não for novo, então um de segunda mão.

Que está dizendo? Que nós três vamos sair viajando num trailer durante o verão inteiro?

Isso mesmo. Miriam trabalha no livro dela, e todo dia nós dois saímos em nossa busca.

Vamos procurar o quê?

Não sei. Qualquer coisa. O melhor hambúrguer dos Estados Unidos. Vamos fazer uma lista dos melhores restaurantes que servem hambúrguer no país, e depois vamos visitar um por um e dar uma nota conforme uma complexa lista de critérios. Paladar, suculência, tamanho, qualidade do pão, e assim por diante.

Se você comer um hambúrguer por dia, na certa vai acabar tendo um ataque do coração.

Então, peixe. Vamos procurar o melhor restaurante que serve peixe nos quarenta e oito estados em território contínuo no país.

Está gozando da minha cara, não é?

Não gozo da cara de ninguém. Homens com a cara que eu tenho não fazem uma coisa dessas. É contra a nossa religião.

Um trailer ia ficar muito apertado para a gente. Além do mais, você está esquecendo uma coisa importante.

O quê?

Você ronca.

Ah. É mesmo, eu ronco. Tudo bem, vamos deixar o trailer pra lá. Mas e que tal ir a Paris? Você pode visitar seus primos, treinar seu francês e ganhar uma nova perspectiva de vida.

Não, obrigada. Prefiro ficar aqui e ver filmes.

Isso está se transformando numa droga, você sabe. Acho que a gente tem de diminuir a dose, quem sabe até parar por um tempo.

Não posso fazer isso. Preciso de imagens. Preciso da distração de ver outras coisas.

Outras coisas? Não estou entendendo. Outras em relação a quê?

Não banque o tapado.

Sei que sou meio burro, mas acontece que não estou entendendo.

Titus.

Mas só vimos aquele vídeo uma vez — e faz mais de nove meses.

Você esqueceu?

Não, claro que não. Penso nisso vinte vezes por dia.

Essa é a questão. Se eu não tivesse visto, tudo seria diferente. As pessoas vão para a guerra e às vezes morrem. A gente recebe um telegrama ou um telefonema, e alguém diz que seu filho ou seu marido ou seu ex-namorado foi morto. Mas a gente não vê como aconteceu. A gente cria imagens no pensamento, mas não conhece os fatos de verdade. Mesmo que alguém conte a história, alguém que estava lá, o que a gente tem são palavras, e palavras são vagas, abertas à interpretação. Nós vimos. Vimos como eles o mataram, e, a menos que eu apague esse vídeo com outras imagens, vai ser a única coisa que vou ver, para sempre. Não consigo me livrar disso.

Não vamos nos livrar disso nunca. Você tem de aceitar o fato, Katya. Aceitar e tentar recomeçar a viver.

Estou fazendo o melhor que posso.

Já faz quase um ano que você não move um músculo do corpo. Existem outras distrações além de ver filmes o dia inteiro. O trabalho, por exemplo. Um projeto, algo em que você possa mergulhar fundo.

Como o quê?

Não ria de mim, mas, depois de ver todos aqueles filmes com você, tenho pensado que talvez a gente devesse escrever um também.

Não sou escritora. Não sei inventar histórias.

O que você acha que eu estava fazendo aqui esta noite?

Sei lá. Pensando. Lembrando.

O mínimo possível. Fico melhor se reservo meu pensamento e minha memória para o dia. Na maior parte do tempo, à noite, fico narrando uma história para mim mesmo. É isso que eu faço quando não consigo dormir. Fico deitado no escuro e conto histórias para mim mesmo. Já devo ter dúzias delas, a essa altura. A gente podia transformá-las em filmes. Co-roteiristas, co-criadores. Em vez de ver as imagens dos outros, por que não criar as nossas próprias imagens?

Que tipo de histórias?

Todo tipo. Farsas, tragédias, continuações de livros de que gostei, dramas históricos, todo tipo de história que você puder imaginar. Mas, se você aceitar minha proposta, acho que podemos começar com uma comédia.

Não ando muito no clima de rir, ultimamente.

Por isso mesmo. É por isso que devíamos trabalhar em alguma coisa mais leve — uma bagatela bem superficial, o mais frívola e divertida possível. Se nos concentrarmos pra valer, podemos nos divertir.

E quem é que quer se divertir?

Eu quero. E você também quer, meu bem. Viramos dois sacos cheios de tristeza, você e eu, e o que estou propondo é uma cura, um remédio para espantar a melancolia.

Começo uma história que esbocei na semana passada — as aventuras românticas de Dot e Dash, uma garçonete gorducha e um cozinheiro de pratos rápidos, grisalho, que trabalham numa lanchonete em Nova York —, mas, menos de cinco minutos depois de eu enveredar por essa história, Katya adormece e nossa conversa chega ao fim. Ouço a sua respiração lenta e regular, estou contente por ela ter afinal conseguido pegar no sono e fico imaginando que horas devem ser. Já passa muito das quatro quem sabe, talvez já sejam cinco. Uma hora, mais ou menos, até a alvorada, o momento incompreensível em que o negror começa a ficar mais ralo e o passarinho que mora na árvore ao lado da minha janela solta seu primeiro trinado do dia. Enquanto eu rumino as muitas coisas que Katya me disse, meus pensamentos gradualmente se desviam para Titus, e, em pouco tempo, estou de novo dentro da história dele, revivendo a calamidade que passei a noite inteira lutando para evitar.

Katya se culpa pelo que aconteceu, erradamente se prende à cadeia de causa e efeito que acabou levando ao assassinato de Titus. Ninguém deve se permitir pensar desse jeito, mas, se eu sucumbisse à lógica defeituosa de Katya, Sonia e eu também seríamos responsáveis, pois fomos nós que a apresentamos a Titus. Um jantar de Ação de Graças, cinco anos atrás, logo depois do divórcio dos pais de Katya. Ela e Miriam viajaram até Nova York para passar o feriadão conosco, e, na quinta-feira, Sonia e eu preparamos peru para doze pessoas. Entre os convidados, estavam Titus e seus pais, David Small e Elizabeth Blackman, ambos pintores, ambos velhos amigos nossos. Titus, de dezenove anos, e Katya, de dezoito, pareciam se dar muito bem. Será que ele morreu porque se apaixonou pela nossa neta? Se a gente seguir esse raciocínio até o fim, vai acabar pondo a culpa nos pais dele. Se David e Liz não tivessem se conhecido, Titus nunca teria nascido.

Era um jovem perspicaz, eu achava, sincero e indisciplinado, de cabelo vermelho rebelde, pernas compridas e pés grandes. Eu o conheci quando tinha quatro anos de idade, e, como Sonia e eu visitamos os pais dele com muita freqüência, Titus se sentia bem à vontade conosco, tratava-nos não como amigos da família mas como tios. Eu gostava dele porque lia livros, um rapaz raro, com uma fome de literatura, e, quando começou a escrever contos no meio da adolescência, mandava para mim e pedia meus comentários. Os contos não eram muito bons, mas eu ficava comovido por ele me pedir conselhos, e, depois de um tempo, Titus passou a vir ao nosso apartamento mais ou menos uma vez por mês para conversar sobre suas tentativas mais recentes. Eu lhe sugeria a leitura de certos livros, que ele se empenhava em desbravar com uma espécie de entusiasmo impetuoso e dispersivo. Seus escritos aos poucos melhoraram bastante, mas a cada mês eram diferentes, traziam as marcas do autor que ele estava lendo no momento — um traço normal em iniciantes, um sinal de desenvolvimento. Lampejos de talento começaram a irromper detrás daqueles floreios, daquela prosa excessivamente elaborada, porém ainda era cedo demais para avaliar se ele portava alguma promessa autêntica. Quando estava na última série do ensino médio e anunciou que pretendia ficar na cidade para fazer a faculdade na universidade de Colúmbia, escrevi uma carta de recomendação para ele. Não sei se essa carta ajudou, mas minha *alma mater* o aceitou e suas visitas mensais continuaram.

Ele estava no segundo ano da faculdade quando apareceu naquele Dia de Ação de Graças e conheceu Katya. Formavam uma dupla estranha e cativante, eu achei. O mole e risonho Titus, de gestos largos, e a pequena, esbelta e morena filha da minha filha. A universidade Sarah Lawrence era em Bronxville, uma curta viagem de trem até a cidade, e Katya ficava conosco muitas vezes durante a sua graduação, geralmente nos fins de semana, na verdade, trocando a vida dos dormitórios por uma cama confortável no apartamento dos avós e pelas noites em Nova York. Ela agora diz que não amava Titus, mas, durante os anos em que os dois ficaram juntos, houve dezenas e dezenas de jantares em nossa casa, em geral apenas nós quatro, e eu só pude ver afeto entre eles. Talvez eu estivesse cego. Talvez confiasse demais na minha certeza, mas, a não ser por uma discordância intelectual passageira e por um rompimento que durou menos de um mês, eles me impressionavam por formarem um casal feliz e promissor. Quando Titus vinha me visitar sozinho, nunca deu o menor sinal de que tinha algum problema com Katya, e ele era um rapaz falante, uma pessoa que dizia tudo o que lhe vinha à cabeça, e, se Katya tivesse dado o fora nele, sem dúvida Titus me contaria. Ou talvez não. Pode ser que eu não o conhecesse tão bem quanto eu pensava.

Quando começou a falar em ir trabalhar no Iraque, seus pais entraram num redemoinho de pânico. David, normalmente o homem mais gentil e tolerante do mundo, gritava com o filho e o chamava de patologicamente perturbado, um diletante que não sabia nada, um louco suicida. Liz chorava, caiu de cama, e começou a se dopar com grandes doses de tranqüilizantes. Isso foi em fevereiro do ano passado. Sonia havia morrido em novembro, e eu andava num estado deplorável na ocasião, bebia toda noite para apagar, não tinha condições de manter contatos humanos, estava fora de mim de tanto sofrimento, mas David estava tão abalado que me ligou mesmo assim e perguntou se eu não podia conversar com o rapaz e pôr algum juízo na cabeça dele. Não pude recusar. Conhecia Titus fazia muito tempo, e o fato é que também estava preocupado com ele. Portanto, esfriei a cabeça e fiz o melhor que pude — o que deu em nada, absolutamente nada.

Tinha perdido contato com Titus desde que Sonia adoecera, e ele parecia ter mudado nos últimos meses. O falante e simplório otimista se tornara mal-humorado, quase beligerante, e entendi desde o início que minhas palavras não teriam nenhum efeito sobre ele. Ao mesmo tempo, não creio que estivesse triste por me ver, e, quando falamos sobre Sonia e sua morte, havia uma compaixão autêntica na sua voz. Agradeci por suas palavras, servi uísque puro para nós e então o levei para a sala, onde, no passado, havíamos tido tantas conversas.

Não vou ficar aqui discutindo com você, comecei. Só que estou meio confuso, e gostaria que você esclarecesse algumas coisas para mim. Certo?

Certo, respondeu Titus. Sem problema.

A guerra está em curso já faz quase três anos, agora, disse eu. Quando a invasão começou, você me disse que era contra. *Estarrecido* foi a palavra que usou, acho. Disse que era uma guerra falsa, fabricada, o pior erro político na história dos Estados Unidos. Estou certo ou estou confundindo você com outra pessoa?

Está certíssimo. Era exatamente assim que eu pensava.

Ultimamente não temos nos encontrado muito, mas, na última vez que esteve aqui, lembro que disse que Bush devia ser jogado na prisão — junto com Cheney, Rumsfeld e toda a quadrilha de ladrões fascistas que governavam o país. Quando foi isso? Oito meses atrás? Dez meses atrás?

Na primavera passada. Abril ou maio, não lembro mais.

Você mudou de opinião, de lá para cá?

Não.

Nem um pouco?

Nada.

Então por que diabo quer ir agora para o Iraque? Por que participar de uma guerra que você detesta?

Não vou lá para ajudar os Estados Unidos. Vou por minha própria causa.

O dinheiro. É isso? Titus Small, o mercenário em ação.

Não sou um mercenário. Os mercenários carregam armas e matam pessoas. Vou lá dirigir um caminhão, só isso. Transportar suprimentos de um local para outro. Lençóis e toalhas, sabão, barras de cereais, roupa suja para lavar. É um trabalho vagabundo, mas o salário é enorme. BRK, esse é o nome da empresa. A gente assina um contrato por um ano e volta para casa com noventa ou cem mil dólares no bolso.

Mas você está apoiando uma coisa que você é contra. Como pode justificar isso para si mesmo?

Não vejo a questão dessa forma. Para mim, não é uma decisão moral. Trata-se de aprender uma coisa, começar um novo tipo de educação. Sei como é horrível e perigoso viver lá, mas é exatamente por isso que eu quero ir. Quanto mais horrível, melhor.

Não está dizendo coisa com coisa.

Toda a minha vida eu quis ser escritor. Você sabe disso, August. Mostro para você há anos os meus continhos fajutos, e você tem feito a gentileza de ler tudo e me apresentar seus comentários. Você me incentivou, e sou muito grato por isso, mas nós dois sabemos que não sou bom. Minhas coisas são secas, pesadas e chatas. Uma porcaria. Todas as palavras que escrevi até hoje não passam de lixo. Já faz quase dois anos que saí da faculdade, e passo os dias sentado num escritório, atendendo o telefone para um agente literário. Que porra de vida é essa? É tão seguro, tão monótono que não consigo mais suportar. Eu não *sei* nada, August. Eu não *fiz* nada. É por isso que estou partindo. Para experimentar uma coisa que não me diz respeito. Meter a cara no mundo grande e podre e descobrir a sensação de fazer parte da história.

Partir para a guerra não vai fazer de você um escritor. Está pensando que nem um menino, Titus. Na melhor hipótese, você vai voltar com a cabeça cheia de lembranças insuportáveis. Na pior hipótese, não vai nem voltar.

Sei que há um risco. Mas eu tenho de correr o risco. Tenho de mudar minha vida — *agora*.

Duas semanas depois dessa conversa, entrei num Toyota Corolla alugado e segui rumo a Vermont para passar um tempo com Miriam. A viagem acabou com o acidente que me levou para o hospital, e, quando tive alta, Titus já havia partido para o Iraque. Não houve nem chance de me despedir dele e lhe desejar boa sorte, ou implorar que reconsiderasse sua decisão. Aquele papo furado romântico... aquelas baboseiras infantis... mas o rapaz estava desesperado com suas ambições em ruínas, tendo de encarar o fato de que não tinha condições de fazer a única coisa que sempre quis, e fugiu numa tentativa impetuosa de se redimir diante dos próprios olhos.

Mudei-me para a casa de Miriam no início de abril. Três meses depois, Katya telefonou de Nova York, soluçando. Ligue a televisão, disse ela, e lá estava Titus no noticiário da noite, sentado numa cadeira em algum quarto não identificado, com paredes feitas de blocos de concreto, cercado por quatro homens com capuzes na cabeça e fuzis nas mãos. O vídeo era de má qualidade, e era difícil perceber a expressão no rosto de Titus. Ele parecia mais aturdido que aterrorizado, eu achei, mas dava a impressão de ter sido espancado, pois pude ver vagamente o que se assemelhava a um grande hematoma na sua testa. Não havia som, mas por cima da imagem o locutor lia seu texto preparado de antemão que dizia mais ou menos o seguinte: *Titus Small, de vinte e quatro anos, nascido em Nova York, motorista de caminhão da empresa BRK, foi raptado hoje de manhã a caminho de Bagdá. Seus raptores, que ainda não se identificaram como membros de nenhuma organização terrorista conhecida, estão pedindo dez milhões de dólares pela sua soltura, bem como a cessação imediata de todas as atividades da BRK no Iraque. Prometeram executar seu prisioneiro se esses pedidos não forem atendidos em setenta e duas horas. George Reynolds, porta-voz da BRK, disse que sua empresa está fazendo todo o possível para garantir a segurança do sr. Small.*

Katya chegou à casa da mãe no dia seguinte, e, duas noites depois, ligamos seu laptop e assistimos ao segundo e último vídeo feito pelos seqüestradores, um vídeo que só podia ser visto na internet. Já sabíamos que Titus estava morto. A BRK fez uma oferta vultosa pela libertação dele, mas, como se esperava (por que pensar no impensável quando os lucros estão em jogo?), recusaram-se a cessar suas atividades no Iraque. O assassinato ocorreu conforme o prometido, exatamente setenta e duas horas depois de Titus ser arrancado do seu caminhão e arrastado para aquele quarto com paredes de blocos de concreto. Ainda não entendo por que nós três fomos levados a assistir ao filme — como se houvesse alguma obrigação, um dever sagrado. Todos sabíamos que aquilo iria nos perseguir pelo resto da vida, e mesmo assim, por alguma razão, sentimos que tínhamos de estar lá com Titus, ficar de olhos abertos para o horror, pelo bem dele, inalar Titus para dentro de nós e mantê-lo ali — dentro de nós, aquela morte solitária, desgraçada, dentro de nós, a crueldade que o visitou naqueles últimos momentos, dentro de nós e de ninguém mais, para não abandoná-lo no escuro impiedoso que o engoliu.

Felizmente, não tem som nenhum.

Felizmente, colocaram um capuz na sua cabeça.

Ele está sentado numa cadeira, com as mãos amarradas nas costas, imóvel, não faz tentativa alguma de se soltar. Os quatro homens do vídeo anterior estão em pé ao seu redor, três segurando fuzis, o quarto com um machado na mão direita. Sem nenhum sinal ou gesto dos outros, o quarto homem de repente faz a lâmina descer no pescoço de Titus. Titus se sacode para a direita, a parte de cima do corpo se contorce, e então o sangue começa a escorrer pelo capuz. Outro golpe do machado, esse por trás. A cabeça de Titus tomba para a frente, e agora o sangue jorra sobre todo o seu corpo. Mais golpes: por trás e pela frente, pela direita e pela esquerda, a lâmina cega continua a cortar muito depois do momento da morte.

Um dos homens baixa o fuzil e agarra a cabeça de Titus com firmeza entre as mãos para puxá-la, enquanto o homem com o machado continua o seu trabalho. Os dois estão cobertos de sangue.

Quando a cabeça é, por fim, separada do corpo, o carrasco deixa o machado cair no chão. O outro homem retira o capuz da cabeça de Titus, e então um terceiro homem segura o cabelo vermelho comprido de Titus e traz a cabeça para perto da câmera. O sangue escorre por toda parte. Titus já não tem nada de humano. Virou a idéia de uma pessoa, uma pessoa que não é uma pessoa, uma coisa morta e sangrenta: *une nature morte*.

O homem que segura a cabeça se afasta da câmera, e o quarto homem se aproxima com uma faca. Trabalhando com grande precisão e velocidade, golpeia um após o outro os olhos do rapaz.

A câmera continua a filmar por mais alguns segundos, e então a tela fica preta.

Impossível saber quanto tempo demorou. Quinze minutos. Mil anos.

Ouço o tiquetaque do despertador no chão. Pela primeira vez em várias horas, fecho os olhos e me pergunto se seria possível dormir, depois de tudo. Katya se mexe, solta um pequeno gemido, e em seguida rola de lado. Penso em colocar a mão nas suas costas e afagá-las por alguns segundos, mas depois desisto da idéia. Dormir é um artigo tão raro nesta casa que não quero me arriscar a perturbar o sono dela. Estrelas invisíveis, céu invisível, mundo invisível. Vejo as mãos de Sonia no teclado. Ela toca alguma peça de Haydn, mas não consigo ouvir nada, as notas não emitem som, e então ela gira no banquinho do piano e Miriam corre para os seus braços, Miriam aos três anos de idade, uma imagem do passado distante, talvez real, talvez imaginada, agora eu mal consigo distinguir uma coisa da outra. O real e o imaginado são um só. Pensamentos são reais, mesmo os pensamentos sobre coisas irreais. Estrelas invisíveis, céu invisível. O som da minha respiração, o som da respiração de Katya. As preces ao pé da cama, os rituais da infância, a seriedade da infância. *Se eu morrer antes de acordar*. Como tudo passa depressa. Ontem uma criança, hoje um velho, e, de lá até agora, quantas batidas do coração, quantas respirações, quantas palavras ditas e ouvidas? Toque em mim, alguém, toque em mim. Ponha a mão no meu rosto e fale comigo...

Não posso ter certeza, mas acho que cochilei um pouco. Só alguns minutos, talvez só alguns segundos, mas de repente algo me interrompeu, um barulho, acho, sim, na verdade vários barulhos, uma batida na porta, uma batida fraca e insistente, e então abro os olhos e digo a Miriam que entre. Quando a porta se abre, posso ver com certa clareza seu rosto e entendo que já não é noite, que chegamos ao auge da alvorada. O mundo dentro do meu quarto agora está cinzento. Miriam já trocou de roupa (jeans azul e um suéter branco folgado), e, na hora que ela fecha a porta atrás de si, o passarinho solta seu primeiro trinado do dia.

Que alívio, sussurra Miriam, olhando para Katya adormecida. Fui olhar no quarto dela e, quando vi que não estava na cama, fiquei um pouco assustada.

Ela desceu faz algumas horas, respondo num sussurro. Mais uma noite difícil, e aí ficamos deitados no escuro e conversamos.

Miriam vem até a cama, dá um beijo na minha bochecha e senta-se a meu lado. Está com fome?, pergunta.

Um pouco.

Talvez fosse melhor eu preparar o café.

Não, fique aqui e converse comigo um instante. Tem uma coisa que eu preciso saber.

Sobre o quê?

Sobre Katya e Titus. Ela me contou que rompeu com ele antes de ele partir. É verdade? Parece que Katya acha que ele foi embora por causa dela.

Você já tinha tantas coisas na cabeça, eu não queria incomodá-lo com isso. O câncer da mamãe... todos aqueles meses... e depois o acidente de carro. Mas, sim, eles romperam.

Quando?

Deixe-me pensar... Você fez setenta anos em fevereiro, fevereiro de 2005. Mamãe já estava doente na época. Foi só alguns meses depois disso. No final da primavera ou no início do verão.

Mas Titus só partiu em fevereiro do ano seguinte, 2006.

Oito ou nove meses depois que eles romperam.

Então Katya está errada. Ele não foi para o Iraque por causa dela.

Ela está se punindo. A questão é só essa. Quer se envolver no que aconteceu com ele, mas na verdade não teve nada a ver com a história. Você conversou com Titus antes de ele ir embora. Ele explicou seus motivos para você.

E nem mencionou o nome de Katya. Nem uma vez.

Está vendo?

Isso faz que eu me sinta um pouco melhor. E também um pouco pior.

Agora ela já está melhorando. Dá para perceber. Muito aos pouquinhos. O próximo passo é convencê-la a voltar a estudar.

Ela disse que está pensando nisso.

O que, dois meses atrás, estava totalmente fora de questão.

Pego na mão de Miriam e digo: Eu quase ia esquecendo. Li um pouco mais do seu manuscrito na noite passada...

E aí?

Acho que você tomou o rumo certo. Não há mais dúvidas, está bem? Está fazendo um trabalho de primeira.

Tem certeza?

Contei muitas lorotas no meu tempo, mas sobre livros eu nunca minto.

Miriam sorri, ciente das duzentas e cinqüenta e nove referências secretas escondidas nesse comentário, e eu sorri em resposta. Continue sorrindo, digo. Fica linda quando sorri.

Só quando sorrio?

O tempo todo. Cada minuto de cada dia.

Mais uma das suas lorotas, mas vou fingir que acredito. Miriam me dá uma palmadinha na bochecha e diz: Café e torradas?

Não, hoje não. Acho que esta manhã devíamos sair da rotina. Ovos mexidos e bacon, rabanadas, panquecas, o serviço completo.

Um café-da-manhã de lavrador.

Isso, um café-da-manhã de lavrador.

Vou pegar sua muleta, diz ela, levantando-se e indo até o gancho na parede ao lado da cama.

Sigo-a com os olhos por um momento e, então, digo: Rose Hawthorne não era uma poeta muito boa, era?

Não. Muito ruim, na verdade.

Mas há um verso... um ótimo verso. Acho que é uma das melhores coisas que já li.

Qual?, pergunta ela, virando-se para mim.

Enquanto o mundo bizarro continua a girar.

Miriam abre outro largo sorriso. Eu sabia, diz. Quando eu estava digitando a citação, disse comigo mesma: Ele vai gostar deste aqui. Podia ter sido escrito para ele.

O mundo bizarro continua a girar, Miriam.

Segurando a muleta, ela volta para perto da cama e senta-se a meu lado. Pois é, pai, diz, e com um ar preocupado nos olhos observa a filha, o mundo bizarro continua a girar.

(*2007*)

ESTA OBRA FOI COMPOSTA EM ELECTRA POR OSMANE GARCIA FILHO E
IMPRESSA PELA GEOGRÁFICA EM OFSETE SOBRE PAPEL PÓLEN BOLD DA
SUZANO PAPEL E CELULOSE PARA A EDITORA SCHWARCZ EM AGOSTO DE 2008